passado presente futuro

EME EDITORA

Edição e Distribuição:

EDITORA

Maria Izabél Braghero de Camargo – Editora-ME
Rua Madre Valéria, 903 – Caixa Postal 93
13360-000 – Capivari-SP – Fone/Fax: (0194) 91-3878

HENRIQUE RODRIGUES

passado presente futuro

Capivari-SP

1.ª Edição – 7.000 exemplares – Julho/1987
2.ª Edição – 2.000 exemplares – Janeiro/1992
3.ª edição – 2.000 exemplares – Dezembro/1995

Capa:
Nori Figueiredo

Arte-final:
Editora EME

Revisão:
Hilda Fontoura Nami

Ficha Catalográfica

Rodrigues, Henrique.
Passado, Presente e Futuro, Prof. Henrique Rodrigues, 1ª Edição 1987, Editora EME, Capivari-SP.
130 p.
1 – Espiritismo – Crônicas e contos espíritas.
2 – Crônicas e contos espíritas – Espiritismo

CDD 133.9

Índice

Índice

À guisa de prefácio

Prezado leitor:

Você tem em mãos mais um livro de autoria do Prof. Henrique Rodrigues. "Passado, Presente, Futuro" é seu sétimo livro.

No presente trabalho, o autor relata, ora de maneira séria, ora jocosamente, e outras vezes através de metáforas, a experiência que vem acumulando ao longo de quase quarenta anos no trato com o ser humano, observando seus anseios, necessidades e problemas, suas glórias e misérias, suas lutas e vitórias. Tentando, na medida do possível, fazer com que cada pessoa possa descobrir por si mesma a origem dos males que a afligem, bem como levá-la ao encontro da solução mais adequada ao seu problema.

Conta-nos o autor, que inicialmente desejou intitular este livro de "A Ladainha", nome que sugere "repetição". Porque, embora os seres humanos sejam tão diferentes, os enganos, as mazelas, as dificuldades e provações da vida repetem-se infinitamente. Resta-nos a compensação de saber, no entanto, que destinos diferentes enredados no mesmo ambiente, podem se realizar juntos, uns com os outros, sem se misturar, cada um recebendo conforme seu merecimento. A constatação desses fatos aliada a uma boa dose de psicologia tem permitido que o Prof. Henrique, às primeiras palavras do consulente, praticamente saiba qual a queixa que o aflige, bem como a solução ideal para cada caso (embora esta, se sugerida, talvez não seja seguida), ou a solução que melhor se adapte momentaneamente à questão.

Salomão já afirmava: "Nada há de novo sob o sol". E Lineu, intuindo a infinita diversidade de graus evolutivos dos seres humanos, sentenciava: "Natura non facit saltus."

Realmente, a natureza não dá saltos. Uma das leis da Vida diz que tudo só é conseguido através de sucessivas e lentas aproximações. Ainda há o fato de que raramente o homem aprende com a experiência alheia, razão pela qual está fadado a repetir erros, mesmo os mais elementares. Tanto é verdade, que o filósofo Bertrand Russel indagou, certa vez, entre irritado e perplexo: "Por que insistir em velhos erros, quando há tantos erros novos entre os quais escolher?"

É possível que o leitor se identifique com algum personagem ou mesmo conheça algum caso semelhante aos aqui relatados. Se a própria Vida repete seus dramas, não é justo exigir do escritor maior dose de imaginação. Concorda?

Hilda Fontoura Nami
Ribeirão Preto - SP

Mutações de um anônimo

Sofrimento... Felicidade... Paz interior... Vida...

Sofrimento, o que é ? O que é sofrer?

Sofrer é perder algo que se teve ou que se julgava ter.

Sofrer é carregar a vida de ombros curvos e calejados, sem demonstrar isso.

Sofrer é amar e deparar com a impossibilidade.

Sofrer é precisar de alguém e não a ter.

Sofrer é chorar muitas vezes e não ficar consolado.

Sofrer é perceber que se ofendeu alguém sem ter tido a intenção.

Sofrer é ver o outro sofrer e não poder remediar.

Sofrer é aspirar a isto e ter que se conformar com aquilo.

Sofrer é viver só, embora cercado de muitos.

Sofrer é sorrir quando muitas vezes se deseja chorar.

Sofrer é fingir quando se deveria ser sincero.

Sofrer é proceder mal quando se poderia ser bom. É ser ingrato sabendo que o é.

Sofrer é viver sempre sonhando... sonhos inatingíveis. Mas é também deixar de sonhar.

Sofrer é trair a consciência e comprometer o encanto da vida. É correr o risco de matar a esperança alheia.

Sofrer é oferecer-se sem se entregar, querer doar-se sem

saber como.

Sofrer é surpreender-se com o que não se contava e encontrar o que não se queria.

Sofrer é constatar a extensão da jornada a ser percorrida. Saber quanto custa, quanto cansa, quanto esgota, quanto vence e como obriga a ir até o fim.

Sofrer é desejar o céu, tentar inutilmente trazê-lo a terra, e no entanto, criar o inferno, que é a angústia e o desespero no confronto com a impossibilidade...

E a Felicidade? É o oposto de tudo? O que é a Felicidade? É uma realidade? Existe ou é apenas uma utopia? É a realização de todos os ideais? É ter vida normal? É abarrotar-se de dinheiro, possuir boa cama e boa mesa? É correr mundo?

Havendo coerência do que se faz com o que se é, pode-se afirmar com certeza que nada trará disso a felicidade completa.

Cada uma destas alternativas e outras mais que poderiam ser citadas, podem proporcionar uma relativa felicidade. Mas evidentemente existe algo melhor, felicidade mais genuína... mais "felicidade"!

É a felicidade que provém da sabedoria de viver com simplicidade, mas tendo a sensação que se está realizando tudo aquilo que se deve realizar. Felicidade é estar em dia com o dever, porque, do cumprimento dos deveres para conosco e para com o próximo depende a paz interior, "aragem benéfica que desliza silenciosa lá pelas últimas zonas de nossa alma", sem que ninguém a sinta, a não ser nós mesmos; não convém tentar descrevê-la porque não se consegue, mas como é maravilhoso senti-la!

Paz interior?

Poder sentir o encanto do silêncio da noite, do brilho das estrelas, do riso das crianças... A beleza de um regato que corre entre as pedras, de uma flor que desabrocha esparzindo seu perfume... Alegrar-se com o sorriso de um rosto amigo, com a sonoridade da música, com o amor de alguém, com o carinho paterno, a afeição fraternal, todas essas coisas belas que pertencem à eternidade.

Felicidade, paz interior é consciência tranqüila, sem alfinetes, sem cautérios, sem remorsos nem apreensões...

Vida, o que é Vida? Deixemos falar Carmem Cinira neste soneto:

Vida, que é boa para tanta gente,
E a tanta gente embriagas de prazer;
Para mim foste má, foste inclemente,
E deixaste-me exausta de sofrer!

Quando, às vezes, recordo tristemente,
As agonias do meu pobre ser,
Tu me causas pavor... De tão descrente
Alegro-me ao pensar que vou morrer!...

Caiba ao destino, a culpa de ter sido
A minha mocidade um só gemido;
Mas sei que o meu faminto coração.

Na morte, que, bem sinto, virá breve,
Há de achar o carinho que não teve,
E a paz, que tanto mendigou em vão!...

O homem e as árvores

O homem caminhava devagar, imerso em seus pensamentos. Parou repentinamente pois algo lhe chamara a atenção. Estava diante de um jardim bem cuidado de onde se destacavam, imponentes, duas árvores paralelas da mesma espécie.

Meditou...

Aquelas duas árvores com suas raízes entrelaçadas em baixo da terra, assim permaneciam longe de olhares superficiais e indiscretos; sugando as mesmas substâncias, alimentando-se juntas, satisfazendo-se uma à outra. Em reuniões homogêneas e afins, talvez os vegetais, assim como os homens, recuperem perdas fluídicas, como se recupera pelo alimento as perdas do corpo material. Porque o Amor é lei universal e os que se amam fundem as almas no entendimento recíproco. Admitindo-se a possibilidade de existências anteriores, as raízes sepultadas no solo bem poderiam representar o **passado** de dois seres, que ninguém pode ver e nem mesmo imaginar...

Nasceram juntas, aquelas árvores, e tudo levaria a crer que na seqüência dos tempos, cada vez mais unidas ficassem. Entretanto, ao surgirem em outra dimensão, em outro ambiente, verificaram que os troncos que suas raízes formaram estavam separados. Era como se num tempo **presente**, por circunstâncias inexplicáveis, aquelas árvores devessem permanecer apartadas, observando-se e sentindo-se distantes, à revelia de suas vontades...

O homem perguntava a si mesmo: Como é possível um **passado** congenitamente fundido ocasionar um **presente** tão distante?

Dos olhos secos do homem duas lágrimas brotaram lentamente e rolaram pela sua face. Chorou de tristeza...

Ficou algum tempo absorto com as imagens, agora, de **seu mundo íntimo.**

Até que... ergueu os olhos e extasiou-se. Aquelas árvores unigênitas pelo "passado" aparentemente separadas no "presente", lá no alto voltaram a se unir. Seus galhos, como se fossem braços e lábios abraçavam-se, acariciavam-se ao sabor da brisa e beijavam-se com ternura ou avidez. Difícil definir, identificar ou descrever semelhante êxtase. Seria a imagem do **futuro**?

Experimentariam a separação de agora para merecerem uma união definitiva, eterna, nas infinitas dimensões da Vida?

Sorriu entre a certeza e o sonho. Novamente seus olhos nublados verteram duas lágrimas... Chorava, agora, de alegria e de esperança.

Seguiu seu caminho, precisava cumprir seu destino, que incluía incontáveis viagens a lugares distantes. E, em toda parte por onde esteve, a tudo observava atentamente admirando a beleza e a riqueza do universo em que vivia.

Um dia, antes que o crepúsculo terminasse nos braços da noite, procurou um local relativamente deserto a fim de refazer suas energias. Queria ficar só e o lugar apropriado o permitiu. O mundo, seus rostos, suas coisas, tudo parecia muito distante, porque seus rumores, problemas e paixões não chegavam àquele silêncio. Talvez devido a própria distância física de tudo e de todos ou porque, em transe, houvesse sido transportado a incalculável distância. Sentia a paz e deliciava-se com ela...

Mas o encanto daquele momento mágico foi quebrado por algo que avistou e o fez estremecer: gigantesca árvore, frondosa e solitária, interpunha-se a sua passagem. Estabelecendo sintonia entre sua alma e a alma daquele vegetal, pôde ouvir o que ele lhe transmitia em sua linguagem inarticulada:

Mergulho minhas raízes em profundidade e extensão. Busco desesperadamente encontrar outras raízes que eu possa enlaçar... mas meu esforço é vão. Estendo meus galhos — que são os meus braços — para o alto e para os lados, procurando outros seres para abraçar, doar-me e receber a parcela de carinho de que necessito para sobreviver. Meus galhos vagam no vazio sem nada tocar. Ninguém ouve o meu lamento que é levado para longe pela brisa... Meus frutos alimentam, sustentam vidas; minha sombra acolhe, protege. Mas esses que passam por mim e se vão são estranhos, não me dizem absolutamente nada...

De repente, os últimos raios de sol desapareceram como que por encanto. A brisa que acariciava suavemente a copa das árvores transformou-se em vento forte. Trovões fizeram-se ouvir com suas vozes roucas, parecendo brados de gigantes lutando à distância.

Escureceu. Relâmpagos aqui e ali iluminaram o bojo das nuvens como fragmentos de fogo sagrado. Passaram, num vôo rápido, aves cortando o espaço à procura de seus ninhos, abrigo seguro contra a tempestade que se fazia anunciar.

O homem continuava estático, paralisado, ante a súbita metamorfose da natureza. Sentia-se a própria árvore...

De súbito, das profundezas abismais do céu em revolta, uma poderosa faísca elétrica projetou-se para a Terra. Aquela árvore recebeu-a em cheio! Fulminada, tombou sem gemer. Tudo terminara para ela, mas a tormenta apenas começara...

A partir do estrondo posterior à faisca elétrica, choveu torrencialmente. Nuvens pesadas e cinzentas encontraram-se transformando o restante do dia em noite fechada.

Ruas, estradas, caminhos ficaram alagados dificultando a passagem de retardatários que agora por ali passavam temerosos, procurando abrigo contra a fúria da natureza.

No entanto, após a tempestade vem a bonança — diz o ditado — e o dia seguinte trouxe o sol novamente a brilhar em toda a sua intensidade. As folhas dos ramos amanheceram enfeitadas de jóias líquidas que cintilavam!...

Pessoas apressadas que por ali passaram em busca de seus afazeres puderam notar, entre os escombros da tormenta do dia anterior, a velha árvore calcinada.

Na remoção dos restos do imenso vegetal, encontraram, surpresos, sob o lenhoso tronco, o corpo daquele homem, em cujos olhos, duas lágrimas brilhavam.

Seriam realmente lágrimas ou seria a água da chuva que ali parara estrategicamente?

Não souberam identificar... como não perceberam, também, a paz em seu semblante sereno.

Afinal, a Terra não é o único palco da Vida!

Consultas, solicitações, orientações, regressão de memória

Recebi, há algum tempo, carta vinda da Inglaterra, na qual, uma senhora cujo retrato veio anexo, relata-me seu drama e pede-me uma medicação que ela sabia (?) existir no Brasil:

"Tenho cinqüenta anos. Quando tinha vinte, meus cabelos eram negros, sedosos e brilhantes. Agora são ásperos quebradiços, feios, e isso me entristece profundamente. É um verdadeiro drama para mim. Vi-o em conferência aqui realizada e soube de sua nacionalidade. Ouvi falar da fabulosa flora amazônica e de suas milagrosas plantas, cuja ação é bem conhecida pelos índios brasileiros. As índias, dizem possuir cabelos negros e belos. Estou disposta a lhe mandar o que for pedido, a fim de conseguir um medicamento para que meus cabelos voltem a ser como eram..."

Sempre digo: é a existência do otário que faz aparecer o vigarista. Esta afirmativa baseia-se na lei das afinidades e atrações. Moscas e baratas são atraídas pelas latas de lixo. Abelhas e borboletas, pelas flores. Não fosse eu um espiritualista e a ilustre conterrânea de Sua Majestade Britânica seria, para mim, um prato feito e farto. Vejam bem. Bastaria que eu lhe mandasse uma "garrafada" de coca-cola com café, uma dose de mel de abelhas e tinta preta mesmo. Antecipadamente escrever-lhe-ia:

"My dear friend". A flora brasileira "is very good" para o seu problema e para qualquer outro. Mas está muito distante de onde resido. Meu deslocamento, passagens aéreas, hotéis e um "safari" até a aldeia indígena em plena selva vai lhe custar no mínimo dois mil dólares, excluído o risco de vida...

Caros leitores, pensam que ela não mandaria o montante pedido? Mandaria sim. A criatura nunca valoriza o que tem e sempre sofre pelo que, na maioria das vezes, é supérfluo. A "coroa", como dizem na gíria, deveria compenetrar-se de sua idade e compreender que tudo envelhece. Que seus cabelos devem ter sofrido não somente a ação dos anos, mas conjugadamente, a ação nefasta da aplicação de inúmeras tinturas para enganar o visual.

É possível que recebesse minha "garrafada" com transbordamento de esperanças, embora depois mergulhasse nas profundezas da depressão.

O que me aconteceria? Nada, absolutamente nada, dentro dos quadros da justiça humana. Ela poderia me escrever dizendo que seus cabelos estavam piores ou que tinham caído, deixando-a careca. E eu responder-lhe-ia que a culpa era de um pajé sem escrúpulos e não minha. Que eu apenas havia sido o intermediário ou o "traficante", no bom sentido, isto é, o elemento que fez o tráfico entre o que ela desejava e o que o pagé tinha para oferecer. Que ela se queixasse a Sua Majestade ou mandasse alguém ao fundo da mata a fim de processar o selvícola, que agora já tem rádio de pilha e até gravador...

Por estas e outras é que se diz: "o diabo tenta e a faca entra". Do que ela escapou! Mas não deve ter ficado satisfeita com a minha honestidade, quando lhe respondi que além de cabelos brancos, eu já tinha uma relativa calvície. Que se tal medicamento existisse, eu o teria utilizado em primeiro lugar! Quem sabe até tenha me acusado de insensibilidade perante seu drama, ou no mínimo, de pessoa de má vontade. Deve ter procurado outro... e encontrado!

* * *

Nos treinamentos de relaxamento e técnica de respiração feitos com o auxílio de aparelhos de bio-feed back, é indispensável à pessoa que fume, deixar o vício.

Um dia, uma senhora da sociedade local, acostumada com mimos e a ver atendidos todos os seus caprichos, procurou-me. Sabendo da questão que envolvia a necessidade de deixar o hábito do fumo, foi dizendo:

— Olhe Henrique, já vou avisando que não deixarei de fumar.

— E eu já vou dizendo que vá embora, pois não pretendo perder meu tempo com alguém predestinado ao fracasso.

Ante a resposta inesperada, retrucou:

— Você é muito grosseiro ...

Novamente respondi-lhe à altura.

Diálogo sadio, conciso, em que logo tudo fica esclarecido.

* * *

No passado, costumava-se dizer: "tal pai, tal filho". Referindo-nos à "paternidade" de nosso **passado**, refletindo-se no "filho" **presente**, o que somos hoje, com nossas glórias e decadências, saúde ou enfermidades, tranqüilidade ou insegurança, felicidade ou desgraça; e na seqüência dessa outra "hereditariedade", o nosso **presente**, ou hoje, que será "pai" do nosso **futuro**, podemos dizer que somos herdeiros de nós mesmos. Nosso modo de ser, o que fazemos ou aprendemos, como semente, vai gerar nossa personalidade e destino do amanhã, que quando chegar, será o **hoje**. O destino está em nossas mãos, porque o hoje é o destino que, no passado, construímos.

Intuitivamente o ser humano sabe disso, dessa lei de causa e efeito, também chamada "carma". Tanto que, por variadas formas, tenta conhecer o futuro através de astrólogos, cartomantes, quiromantes ou por outras vias, nas infinitas oportunidades que a ignorância das leis lhe faculta.

Isso não seria necessário. Bastaria que cada qual observasse como realmente é, consciente de que o futuro será a colheita de tal semeadura.

Nas profundezas do espírito humano há o desejo de uma intervenção milagrosa, que tudo se modifique sem que o ser se esforce para tanto. Que "caia do céu" uma bênção ou um indulto que lhe perdoe as faltas. É a secreta esperança da impunidade, como se isso fosse possível no monismo incorruptível das leis da vida.

Uns querem saber o que o futuro lhes reserva. Outros, talvez mais conscientes de que o presente é filho do passado, querem saber a razão de suas dificuldades, tendências, manias, insucessos. Tentam encontrar no pretérito a justificativa para as atuais incapacidades.

É a zona tão a gosto da psicologia, que tudo tenta explicar com o facilitário dos traumas de infância, de relacionamentos, predisposições orgânicas ou ambientais. Na maioria das vezes, a simples recordação de fatos acontecidos desde o nascimento até o momento presente, não fornece o arrazoado ou mesmo elementos que permitam a arquitetação de uma fantasiosa tese.

Então, por terem ouvido falar em "reencarnação", desejam fazer regressão de memória, como se isso fosse uma panacéia ou remédio para todos os males ou ainda diagnóstico para todos os casos.

Constantemente sou procurado por pessoas de todos os gabaritos, sexo, cor ou religião. E lá vem o pedido: "Henrique, quero que me faça uma regressão de memória".

Este desejo é movido por motivos os mais esdrúxulos. Incompatibilidade no relacionamento com pais, filhos, esposos, no trabalho, incapacidade para estudos, falta de memória, "tudo para mim dá errado", dores de cabeça, surdez, gagueira, asma, má digestão e mais uma infinidade de doenças físicas e mentais com todos os etc. permitidos. Claro que tudo vem do passado, excetuando-se as enfermidades por senilidade ou degenerescência causadas pela idade avançada.

As leis da vida, na sua perfeição, estabeleceram a amnésia ou o esquecimento do passado, no processo evolutivo.

Há pessoas que não sabem: mais importante do que relembrar o passado, é saber esquecê-lo. Se pudéssemos bem dominar nossa capacidade de esquecer, teríamos boa chance de sermos mais felizes. Quantos vão para a cama e não conseguem dormir, porque, apesar do silêncio do travesseiro, conversam com ele sobre fatos desagradáveis que a memória não consegue apagar. Por vezes, luta-se para desviar o pensamento, e o fato teimosamente volta ao nosso campo mental. E lá vem a insônia, que alguns tentam afastar com sedativos.

Quem conhece bem o terreno da regressão sabe que o carma nem sempre permite uma incursão no passado, mesmo que a regressão seja feita. Existem certos dramas que sabemos que existem, tiveram uma determinada origem, mas devem ser solucionados daqui para a frente e não num processo de marcha-ré. De que me adiantaria saber que sou asmático atualmente, porque fumei desbragadamente em vida anterior? Isso não me liberaria do mal físico. A cura virá ao se esgotar a carga fluídica com que impregnei meu campo estruturador (ou perispírito, ou corpo astral), e que hoje reflete-se na minha organização física. O processo é o mesmo para todos os males físicos.

No tocante à sorte ou azar, também não são revogados com o conhecimento do passado. São projeções cármicas, que uma vez movimentadas, exigem, no presente, a correção das trajetórias. E no que se refere às deficiências espirituais, o conhecimento do passado pode servir apenas para que orientadores possam atuar com mais segurança, mas não removem a causa.

Hoje em dia existe a Psicologia Transpessoal, um processo de captações, onde um sensitivo capta do paciente, informações sobre seu passado. Presenciei sessões desse tipo com hipocondríacos, esquizofrênicos, aleijados. Para alguns, a explicação do drama foi encontrada, para outros, não. Mas nem os primeiros conseguiram sair de suas afecções mentais ou aleijões. Obtém-se uma bela história, mas a situação permanece como antes.

Muitos carregam a vida com problemáticas comuns, com dificuldades, dores físicas ou morais, por não se interessarem pela análise de si mesmos, isto é, procurarem saber o que foram, pelo que são atualmente.

Há fantasiosas esperanças de terem sido, no passado, um vulto que a história tenha guardado por posição social, cultura ou por atitudes notórias em acertos ou desatinos. E o palco presta-se para as mais variadas encenações, principalmente se o maestro do espetáculo, no caso o hipnotizador, for sagaz e mercenário. E ei-lo a distribuir títulos de nobreza, prestígio político, econômico ou de qualquer outro tipo.

Regressão de memória, se deve ou não ser feita, fica a nosso critério, e não de quem nos procura. Se insistir, sugerimos que procure outro.

Às vezes contraponho: e se você tiver sido uma prostituta vulgar, sem nome ou galardões das cortesãs das cortes? E você, se tiver sido um patife, um sanguessuga de pessoas ou de coletividades?

O campo presta-se a tudo, como se vê no livro "The search for a soul — Taylor Caldwell's psychic lives" (À procura de uma alma — As vidas psíquicas de Taylor Caldwell). Esta famosa escritora de "best-sellers", em transe inconsciente, recorda-se de vidas passadas há mais de dois mil anos. Relembra de existência vivida no Egito, na área da medicina, ou seja, em nível psíquico elevado para sua época. Depois vem a ser a genitora da jovem que Cristo salvou do apedrejamento. Viu o Cristo e foi aconselhada por Ele. Depois, segundo ainda o relato do livro, involuiu em suicídios constantes, degradou-se, e até nos dias atuais não aceita a sobrevivência do espírito após a morte física e muito menos a reencarnação. Pode-se admitir isso? Esteve com Cristo e nem esse fato contribuiu para acelerar seu processo evolutivo. É um livro evidentemente fantasioso, no qual a regressão de memória serve de enredo.

Regressão de memória consciente é simples processo de rememorização, fácil de fazer, como um exame de consciência. Qualquer um pode se recordar de fatos até de quando estava no colo da mãe.

Para uma reconstituição de acontecimentos na vida intra uterina ou de existência anterior, só fazendo regressão inconsciente, embora isto não garanta a veracidade dos relatos obtidos.

Mesmo que alguém faça detalhada descrição de fatos da vida de Maria Antonieta, por exemplo, ainda que se expresse em francês, não é garantia suficiente para a afirmação de que tenha sido tal personagem. Qualquer pessoa que se afeiçoar a este ou aquele personagem histórico buscando conhecer tudo sobre sua vida, poderá reproduzir, por aceitação, frases e atitudes que lhe são características. Num estado de regressão de memória, é possível que chegue à época em que se interessava por aquela figura, reproduzindo com fidelidade tudo o que a memória em regressão for trazendo à consciência.

Se determinada pessoa, durante a regressão de memória, expressar-se, por exemplo, em francês, sem que nesta existência tenha aprendido este idioma, fica caracterizado uma caso de xenoglossia, sendo evidente prova de nacionalidade, mas não de personalidade em existência anterior.

No caso citado, quando exemplificamos citando Maria Antonieta, aquela pessoa talvez tenha sido alguém de nacionalidade francesa, que tivesse convivido ou se interessado pela vida daquela rainha.

No entanto, não se pode aceitar a caracterização de um personagem do passado, que tenha vivido em determinado país, sem que fale, quando em regressão, o idioma daquele país. Ou seja, a criatura lembra-se de fatos e esquece o idioma. É inadmissível.

Há algum tempo, num conhecido programa de perguntas e respostas na televisão, um jovem respondia com brilhantismo, questões referentes à vida de José do Patrocínio. Fornecia, com precisão, dados da vida do abolicionista, lugares onde viveu, iguarias das refeições da época, datas, descrevia trajes, reproduzia diálogos. Acredito que se José do Patrocínio estivesse presente surpreender-se-ia com relatos de tantos detalhes de acontecimentos que possivelmente ele mesmo já tivesse esquecido. Quanta coisa estudamos em nosso passado escolar e já nos esquecemos dos detalhes: nomes, lugares, data, etc?

É bem possível que este jovem de brilhante memória, num futuro distante, mas ainda nesta vida, se fosse submetido a uma regressão, situasse o deslocamento de sua consciência no tempo geofísico e afirmasse: sou José do Patrocínio. E fornecesse tantas provas a ponto de confundir o pesquisador.

Também pode acontecer, que numa próxima existência, este mesmo jovem renasça em outro país. Poderá, em regressão, expressar-se em português e detalhar fatos da vida de Patrocínio, sem que seja a reencarnação do nosso abolicionista.

Já nos utilizamos da regressão de memória para o tratamento de casos de homossexualismo. E também para alguns casos de aversões filiais ou paternais, onde a regressão auxilia a elucidação desses conflitos. Mas desligamo-nos inteiramente de nomes citados para fixarmo-nos no processamento casuístico que leva o ser a tal procedimento. E os dados ficam conosco, não os passamos aos pacientes, que não precisam tomar conhecimento de certos detalhes fornecidos por eles, inconscientemente. Os dados obtidos auxiliam a terapêutica. E o conhecimento consciente do passado pode, muitas vezes, causar prejuízos maiores.

Passo a relatar dois casos interessantes.

O primeiro prova que o conhecimento de detalhes sobre determinado personagem não identifica ninguém em seu passado.

Há alguns anos, participávamos do programa "Século XXI" levado ao ar aos sábados pela T.V. Rio, no Rio de Janeiro. Isso nos proporcionava um grande relacionamento humano, porque éramos procurados por uma multidão de enfermos, fato muito natural, num mundo doentio, onde todos, em maior ou menor grau, são enfermos disso ou daquilo.

Um dia fomos procurados por uma grande atriz de teatro, cujo nome omitimos, para "guardar o convencionalismo da caridade", como costuma dizer o nosso amigo Newton Boechat, que conosco participava daquele programa ao vivo, para um auditório lotado. Pois bem. Nossa amiga atriz nos pedia ajuda para um colega de profissão, que passava por uma fase difícil de angústias, depressões e crises de choro contínuas.

Levando-se em conta que "de uma boa conversa ninguém escapa", iniciamos, com ele, um diálogo mais como psicólogo do que como psicobiofísico. Notamos que ele tinha tendência a deixar-se sugestionar. Mais para acalmá-lo ou relaxá-lo, fomos sugerindo os conhecidos passos da hipnose. Para nossa surpresa, o rapaz começou a justificar-se com fatos passados e espontaneamente situou-se em determinada época. Disse, em pé, e com pose autoritária: "Sou Jasão!" E forneceu todos os detalhes da vida desse personagem.

A atriz e grande dama do teatro brasileiro estava presente, acompanhando em silêncio o desenrolar dos acontecimentos, e evidentemente surpresa. Ora, ele nunca poderia ter sido Jasão, o personagem mitológico que se apoderou do Velocino de Ouro. Conforme esclarecimento de nossa amiga atriz, ele havia representado por mais de um ano, o personagem Jasão, em determinada peça de teatro. Mesmo que ele contasse a história de Jasão com todos os detalhes, jamais poderia ter sido este personagem, que nunca existiu...

O segundo caso que passamos a relatar, caracteriza os riscos e prejuízos que podem ocorrer durante uma regressão de memória a pessoas que se submetem a hipnotizadores inexperientes.

Um rapaz de vinte e dois anos, mais curioso do que estudioso de parapsicologia e hipnose, ouviu falar em regressão à vidas anteriores e procurou um hipnotizador. O hipnotizador não é um ser provido de força ou dom especial. É uma pessoa como outra qualquer, que apenas detém o conhecimento da técnica de regressão. Além disso, a resposta positiva à sugestão depende muito mais de predisposições da pessoa que se submete à hipnose do que do bom conhecimento da técnica de hipnotizar.

Hipnotizar é algo semelhante a um sacerdócio. Ninguém deve se submeter a essa experiência sem conhecer muito bem a quem se entrega, e mesmo assim, só o faça por absoluta necessidade desse procedimento.

O rapaz a que nos referimos era o segundo filho de um casal que possuía quatro: uma filha, ele, e mais duas moças. Relacionava-se mal com o pai, mas era extremamente querido pela mãe. A psicologia e a psicanálise logo tentariam explicar tal diferença no relacionamento com os pais através do famoso Complexo de Édipo, fantasia oriunda de rudimentar conhecimento das leis da Vida, principalmente em relação à eternidade, afinidades e outras influências. Outros, vão logo sugerindo a reencarnação de antigos adversários ou inimigos, agora como pai e filho, ou de amantes, justificando as afinidades existentes entre a mãe e o filho.

No caso que estamos relatando, o motivo era outro.

A mãe do rapaz havia sido noiva. Por razões de sério envolvimento de seu noivo com outra moça, separaram-se. Sofreu muito. O tempo passou e ela veio a se casar com outro homem, que refaria seus sonhos de amor e felicidade. Teve a primeira filha. Mas quis o destino, em suas tramas sutis, que o marido mudasse de certo modo seu comportamento em relação à esposa relaxando mesmo em seus carinhos e gentilezas conjugais.

Neste período, que não foi longo, o antigo noivo reapareceu. A tristeza da jovem mãe, a reminiscência das antigas juras, as queixas recíprocas contra seus cônjuges provocaram novo clima de afeto entre eles. Muitas vezes, o amor é um "passaporte para o desastre", principalmente quando vem acompanhado pela paixão, ciúme ou sexo...

Muito mais levada pelo sonho do que pela realidade, a jovem senhora teve um único relacionamento com o antigo noivo, o bastante para que ela percebesse que a felicidade não estava ali. No entanto, sentiu que havia engravidado. O que fazer? Abortar, nunca! Mas estava em jogo sua posição social, a filha, seu lar. Voltou-se para o marido, cobriu-o de atenções e tudo voltou ao normal entre eles. Para todos os efeitos, a criança seria filha do marido e não do antigo noivo. Ninguém saberia, sepultaria em si aquele espinho que se cravara em sua carne. A paz voltou a reinar naquele lar, tanto é assim, que mais duas meninas nasceram depois.

O rapaz queria conhecer seu passado... E a irresponsabilidade do hipnotizador rompeu o sepulcro que o tempo e o esquecimento haviam criado. Hipnotizado em regressão total, por ser inconsciente, veio a saber de sua origem, a qual confirmava a afinidade para com a mãe sem o tal Complexo de Édipo, e a aversão pelo homem que julgava ser seu pai.

Estabeleceu-se um conflito que poderia ser evitado pelo hipnotizador, se efetuasse um "rapport" de esquecimento de tudo o que foi relatado em transe, antes de sua volta à consciência. Não o fez e o peso da lembrança recaiu sobre o jovem. E ei-lo a querer saber da mãe onde estava e quem era seu verdadeiro pai, cujo nome ele soube através da regressão. Ante a recusa da mãe, que atribuia a revelação à fantasia de seu inconsciente ou a sugestão do hipnotizador, estabeleceu-se um clima de suspeição entre marido e mulher. Desajuste total que nos deu trabalho para recompor. Agora sim, tivemos que contra-sugestionar quadros, "misturar as tintas". Às vezes, a mentira se justifica para salvar uma situação de iminente tragédia.

Pergunta-se: Valeu a regressão?

Temos observado que reminiscências passadas, conscientes ou inconscientes, agravam mais do que solucionam desajustes emocionais ou físicos. O passado é leite derramado, não volta mais à panela. Vale o futuro e principalmente o presente. Vale a modificação de hábitos, o enriquecimento cultural, a moralização dos costumes, a objetivação de ideais superiores, a imposição de auto-disciplina.

Sobre hipnose e regressão de memória, o que tenho arquivado daria para escrever e ilustrar um manual de fantasmagoria.

Torno a repetir: os vários estados físicos da hipnose a que se pode levar uma pessoa (anestesia, hiperestesia, catalepsia, letargia e exteriorização motora), bem como os estados psíquicos (amnésia, hipermnésia ou regressão de memória, paropsia, lucidez e sonambulismo), não dependem de habilidade ou força do hipnotizador, mas de predisposições congênitas que variam de uma para outra pessoa.

Finalmente, se a Vida nos enubla o passado, razões de grande sabedoria deve ter.

Quem quiser saber quem foi veja quem é atualmente. Em suas potencialidades vai descobrir o que plantou e conquistou de melhor, e nas deficiências vai encontrar o que lhe falta, o que precisa adquirir. O impaciente de ontem deverá passar por treinamento em paciência para adquiri-la, a fim de poder conviver numa esfera de espíritos mais elevados. Se foi orgulhoso, não adianta saber que foi, por exemplo, um rei em encarnação passada. Pode presumir e buscar uma vida de humildade, que é algo que lhe faz falta no presente ou mesmo para o futuro, mas nunca no **passado**, ao qual ele não tem mais acesso para consertar o que fez de errado.

Uma anedota diz que um cidadão corcunda, assim como o de "Notre Dame", queria saber o porquê de seu aleijão. Tanto mais que ouvira dizer que o espírito está constantemente em processo evolutivo, e por isso, de aprimoramento ou aperfeiçoamento na substância e na forma. Valeu-se, não da regressão, mas da sensibilidade clarividente retro-cognitiva de uma "madame" qualquer.

Em transe, a "comerciante do destino" e das adivinhações, foi relatando suas vidas pretéritas, onde o consulente sempre aparecia com aquela deformidade física. Até que finalmente chegou à raiz do problema, que por sinal, era um esqueleto já petrificado no fundo de um poço. Lá estavam os resíduos de um gigantesco camelo.

Ante o "achado", exclamou a vidente: Eis aí a prova da

reencarnação, da evolução e de seu inquestionável aprimoramento físico e espiritual. Espiritual, porque você não rumina mais, já pensa e quer saber das coisas. Físico, porque antigamente você tinha duas corcundas e agora tem só uma. Tenha paciência, que com mais um milênio, perderá a outra!...

Vejam no que dá vasculhar o passado!

Cornélio, o cronista social *

Desde criança, Cornélio Paranhos de Abrunhosa sonhava com a riqueza e a notoriedade.

Agora jovem, trilhava mentalmente os caminhos que pudessem conduzi-lo ao ideal acalentado. Verdade é que ser rico e famoso, todo mundo deseja ser...

E Cornélio estava decidido a tudo. Assim é, que constatando a projeção econômica e publicitária de jogadores de futebol, lançou-se aos treinos num clube do bairro. Não tardou, entretanto, a perceber, que na arte futebolística, quem quer se fazer não consegue, e quem é "bom" já nasce feito.

Em pouco tempo passou por todas as posições em campo, tendo encerrado sua meteórica carreira na posição de goleiro, quando ouviu do dirigente da equipe: "Cornélio, você é um autêntico perna-de-pau! Procure outro meio de vida, fuja da bola, porque ela é sua inimiga".

Experimentada a primeira decepção, o nosso herói não se abateu. Decidiu sobressair-se no campo artístico. Como a aparência física não colaborasse para suas pretensões de galã, resolveu comparecer como cantor a um programa de calouros. Cantou o melhor que pôde, mas os jurados foram unanimemente desfavoráveis: "Tem uma autêntica voz de cana rachada". "Música não é salada para se misturar bemóis com

* (Nota à 3ª Edição/1995) Conto premiado em Concurso de Contos e em vias de tornar-se peça teatral, montada por um grupo do Rio de Janeiro.

sustenidos". "Compasso é fundamental. É como parada militar".

A nova decepção não o desanimou. Seria rico e famoso custasse o que custasse.

Como estivessem próximas as eleições, viu na carreira política a porta aberta para o mundo que sonhava. Começaria como vereador, depois deputado, senador e até governador de estado. Mordomias, corrupções sutis, mil facilidades... E ei-lo numa febril atividade de auto-promoção, prometendo o Céu e a Terra para transformar sua cidade num paraíso e seus habitantes em cidadãos do Éden. Não economizava palavras para tingir com cores vistosas o óbvio e o lugar comum. Gastou saliva e sapatos, além das poucas economias.

Eleições apuradas, outra decepção. Cornélio Paranhos de Abrunhosa: 17 votos!

Mais uma carreira de riqueza e fama encerrava-se para ele, antes mesmo de ser iniciada... Ainda jovem, resolveu frear sua impetuosidade, enquanto fazia um curso superior, em faculdade particular, naturalmente, devido a grande concorrência aos vestibulares para escolas públicas. Após algum tempo recebeu o esperado "canudo de papel", que o habilitava a um campo, que pela variedade de especialização, exigia dele uma decisão acertada.

Cronista esportivo, artístico, político? Experiências anteriores desaconselhavam. Não se havia dado bem como profissional do meio, muito menos o seria na apreciação desses assuntos. Foi, então, que se fez luz na opacidade mental do nosso Cornélio. Decidiu: seria cronista social! Vida mansa, jantares, viagens, bajulações, plumas e paetês... Estaria entre "gente bem" que nem sempre é "gente boa", onde o dinheiro é farto, e só é necessária a habilidade para coletá-lo. E habilidade não lhe faltaria! Qualquer "madame", para ver seu nome num acontecimento registrado no jornal pagaria o que fosse pedido. Além disso, existe sempre a possibilidade de uma chantagem comprometedora ou promoção fabricada. A seara é imensa e a colheita farta e segura.

Acertou "na mosca" e a fama já começava a sorrir para

ele. Seu "status" social agora era outro. Completamente modificado, fugia dos simples e dos amigos de outrora. Só andava com "gente bem". Pobre era "gentinha" e negros, então já que se tornara racista, dizia pertencerem à desprezível descendência de Caim.

Solteiro, fez o cálculo de sua cotação financeira no mercado feminino para efeito de um bom "negócio". E a oferta era imensa de meninas tão superficiais quanto ele, mais lisas de idéias do que pedra mármore de pia de cozinha. O importante é que traziam nos sobrenomes a garantia de respeitáveis fortunas. Cornélio optou, claro, pela mais rica, embora não muito distante de uma qualificação de "debilóide mental".

Casamento famoso, igreja super-lotada, páginas e páginas de jornais com notícias e fotos, viagem ao exterior... E retorno a um palacete para a rotina das crônicas, festas, promoções, "champanhotas" e assemelhados.

Para quebrar a monotonia, certa vez, alguém sugeriu que fizessem uma excursão, tipo safari, ao Amazonas. Formaram-se os grupos com casais legítimos e "coloridos", não faltando também a presença de elementos do chamado "terceiro sexo", já que é tempero indispensável em certos ambientes refinados.

Manaus, programação perfeita, alegria farta. Quem conhece a selva amazônica sabe o quanto de beleza e perigo existe nela. O canto da passarada é uma ininterrupta sinfonia de vida. Seus igarapés e igapós, os rios caudalosos, a maravilha das vitórias-régias, a pujança do verde por toda parte chegam a embriagar o aventureiro desprevenido.

Foi num passeio pelos igarapés, que Cornélio, desconhecendo os perigos da mata, embrenhou-se nela em pequena canoa. Somente se deu conta da situação em que estava ao pretender voltar trazendo uma planta exótica. Por mais que buscasse o caminho certo, mais se embrenhava mata a dentro. A noite chegou e o pânico apoderou-se do nosso cronista. Cometeu seu segundo erro ao abandonar o pequeno barco. Caminhando e gritando adentrou à mata, onde acabou se perdendo.

Exausto, em terreno desconhecido, picado por mil insetos, a pele coberta de feridas, sentia doer o corpo todo. Suava por medo e pelo calor da mata cerrada. Andava, andava e não chegava a lugar nenhum.

Dias e noites sucederam-se até que Cornélio avistou uma choça indígena. Arrastou-se cambaleante até ela. Ardendo em febre alta, perdeu os sentidos. Nem percebeu que um velho casal começou a cuidar dele com medicação primitiva, feita de infusão de ervas e óleos de animais, o que afugentou os insetos que o atormentavam.

Muito tempo depois conseguiu recobrar a consciência e se deu conta de seu precário estado de saúde. Desejou recuperar-se, voltar a sua terra, relatar o ocorrido e o preço pago por sua imprudência. Soube pelos seus humildes salvadores, que muitas luas já haviam passado desde que ele ali chegara. Pensou na repercussão que seu desaparecimento teria causado, e em como estaria sua querida Tuca, a esposa "burrinha", mas riquinha. Certamente pensavam que ele teria virado comida de onça! Que surpresa teriam ao vê-lo regressar...

Na verdade, sua falta não foi tão sentida por Toluca Azambuja de Abrunhosa, a Tuca. Passaram-se seis meses desde o desaparecimento do cronista, e ela não vestira luto exterior e muito menos interiormente. Considerava-se viúva, e como tal, consolava-se com um maduro homem de negócios, Coriolano Fortuna, conhecido nas rodas sociais pelo apelido de "Arco do Triunfo". Tinha as pernas tão arqueadas a ponto de ser possível passar por elas um pelotão de soldados com o comandante a cavalo!

A medida que Cornélio recuperava a saúde sua pele escamava e a nova epiderme aparecia com uma coloração escuriça, que cada vez mais escura ficava. Até o cabelo, que havia caído com as febres, renascia, agora, como mola de palha-de-aço, a ponto de nem precisar de apoio para descansar a cabeça. Este fato encheu-o de horror! Logo ele, que tinha aversão a negros, considerava-os de uma raça sub-humana.

Negros, para ele, só como serviçais, como a Conceição, que trabalhava em sua casa e entendia como ninguém de arte culinária.

Quanto mais sadio ficava, mais preto se tornava. E tão negro ficou que conseguiu ser mais preto do que carvão.

Já estava razoavelmente restabelecido, embora dentro de uma problemática de difícil solução. Teria que voltar ao meio civilizado, mas como? Como convencer a querida Tuca que aquele negro era seu marido? Até os lábios dele engrossaram, talvez por efeito de alguma reação alérgica. Em todo caso, esperava que a medicina pudesse explicar e reverter o processo, dando-lhe nova pigmentação branca.

Mergulhado num mar de angústias, dúvidas e muita esperança, voltou em caronas de caminhoneiros à cidade de origem. Sabia, agora, que partira há dez meses para aquela fatídica viagem.

Mal-vestido, dirigiu-se a "sua" casa, o belo palacete com piscina, sauna e tantos confortos que muito bem conhecia.

Tocou a campaínha da porta principal. Conceição, a crioula, atendeu, e naturalmente falou:

— O que deseja? "Negão", aqui, entra pela porta dos fundos...

O choque foi grande, mas Cornélio se conteve e disse:

— Conceição, chama a Tuca.

A empregada assustou-se com a declinação de seu nome e do apelido familiar da patroa. Olhou desconfiada. Entretanto, como haviam posto anúncio em jornal à procura de faxineiro para o gramado dos jardins e da piscina, julgou ser algum candidato atrevido que já tivesse obtido informações dela e da dona da casa.

— Dê a volta pelos fundos. Vou chamar dona Tuca e seu noivo, o senhor Coriolano.

Novo choque para Cornélio. O noivo de sua querida já dormia em sua casa! E logo o Coriolano, o "Arco do Triunfo"! Mas tudo ficaria esclarecido e o noivado teria que acabar...

Tuca apareceu devidamente acompanhada. Olhou o

negro de alto a baixo e indagou o que ele queria.

O desastre era iminente. O cronista social avançou para abraçar e beijar sua querida, tantas eram as saudades que sentia. Foi logo dizendo:

— Tuca, querida, sou eu, o Cornélio!

Tuca teve um conveniente desmaio e Cornélio foi dominado por Coriolano, que com suas pernas arqueadas, montava-o como a um ginete.

— Eu explico, eu explico! gritava Cornélio.

Conceição, crendo que se tratava de um assaltante, gritou por socorro, e foi logo atendida pelos pais de Tuca, que moravam na casa ao lado.

Uma confusão dos diabos! Alguém sugeriu chamar a polícia, o que foi logo descartado pelo pai de Tuca, dados o escândalo e a repercussão que o caso tomaria com a chegada da rádio-patrulha. Mantendo Cornélio subjugado, resolveram pedir a presença de um delegado amigo para auxiliar na solução do problema.

O delegado veio acompanhado de um feroz auxiliar. Agora, já haviam chegado os irmãos de Tuca, os pais e irmãos de Cornélio, enfim, toda a família.

— Ouçamos o malandro, sentenciou o delegado.

Cornélio detalhou tudo. Para assombro de todos, coincidia com os fatos verídicos do desaparecimento dele. Entrou em detalhes anteriores de sua vida e o espanto crescia... Relacionou a "gente bem" da "soçaite" local, suas festas e até um detalhe desconhecido:

— Lembra-se, Tuquinha, que antes do casamento, nós já...

Agora Tuca desmaiava de fato!

Relato feito, impunha-se pareceres, julgamento e sentença final. Para o pai de Tuca, o negro era um vigarista, que bem poderia ter aprisionado Cornélio, extraído todos os detalhes de sua vida, e que agora se apresentava com aquela fantástica história. Para um irmão de Cornélio, "entendido" em Parapsicologia, tratava-se de um caso de "clarividência pela hiperestesia indireta do pensamento". Ninguém entendeu o que ele quis dizer, mas para negar uma evidência, isso também servia.

Para a crioula Conceição, antiga "babá" de Iansã, o negro estava com o espírito de Cornélio no corpo, por isso sabia de tudo. Que o levassem ao padre para uma "benzeção" ou um exorcismo, porque ou era Cornélio ou era o Diabo!

O delegado sugeriu levá-lo à delegacia, pendurá-lo no "pau-de-arara" e arrancar-lhe a confissão do segredo ou o "couro" do negro. A família foi contra. Pensavam no escândalo. Imagine se algum repórter tomasse conhecimento do caso. Viriam os jornais, revistas, televisão...

Alguém sugeriu dar um "sumiço" no desconhecido, mas a mãe de Cornélio, mesmo não o reconhecendo, e a bondosa Conceição, se opuseram. Alegaram que a situação poderia piorar para todos se algo transpirasse. Além disso, seriam cúmplices de um crime!

Cornélio foi levado secretamente para uma casa de campo da família e mantido em cárcere privado até que encontrassem uma solução.

E ela veio. O delegado amigo encarregou-se do cumprimento da tarefa.

— Olha aqui, ó Zulu! Vamos mandá-lo para Angola. Lá você ficará com algum dinheiro para que possa viver sossegado. Poderíamos matá-lo e encerrar o caso, e até acho que seria o melhor. Mas São Benedito intercedeu por você no coração de todos. Nunca mais volte e nem conte a ninguém essa sua fantástica história, caso contrário executo o que sugeri, e nesse caso, você irá comer capim pelas raízes. Compreendeu bem, saci de duas pernas, ou prefere uns sopapos para entender melhor?

Cornélio percebeu que não havia outra saída. Sua vida de cronista social também havia naufragado. Tuca seria, agora, do "Arco do Triunfo", e ele, mais um negro na África. Tinha sido tão racista, tão anti-negro... Sentia na própria pele, na alma, o drama de muitos de sua cor. Chorou ao lembrar-se disso e o remorso doía...

Finalmente, mergulhado em revolta e amargura, foi deixado na antiga colônia portuguesa. Como um degredado, tentou reiniciar vida nova. Seu espírito enriquecia-se à medida que observava certos aspectos da vida, que antes nunca avaliara. Notou o sofrimento da raça negra, não só pela discriminação dos brancos contra os negros, como a discriminação dentro da própria raça.

Ele era o ponto máximo da negritude. E resolveu aproximar-se de uma jovem angolana, um pouco mais clara do que ele.

— Não se enxerga, ó boneco de pixe? Eu quero é melhorar a raça...

Então era assim? Melhorar a raça significava clarear a pele? Lembrou-se de famosos casos no Brasil e no mundo. Artistas de rádio, televisão, futebol, quase sempre escolhem parceiro ou parceira mais claros ou brancos para "melhorar a raça", nos seus modos de ver, julgar ou definir seus estados interiores... Ah, Humanidade, Humanidade! Como são falhas e superficiais suas avaliações! Ele agora era negro, mas era mais sábio do que quando era branco.

Um dia, caminhava, meditando, por deserta praia angolana. Avistou, ao longe, uma pequena capela de madeira. Sentiu necessidade de chorar, abrir o coração com alguém, suplicar por socorro, que só poderia vir de uma outra dimensão: do mundo espiritual.

Era uma tosca capela dedicada a São Benedito, o mesmo santo, que no dizer do delegado, havia intercedido por sua vida.

Não havia ninguém ali. Reinava silêncio e paz. Cornélio flexionou os joelhos e olhou para o rosto negro do santo, que parecia sorrir feliz... sorrir para ele...

Foi em prantos, em voz alta, num desabafo total, que Cornélio implorou:

— Ah, meu São Benedito, meu pai e protetor! Conforta-me a alma, dá-me a paz de que tanto necessito...

E o santo falou diretamente à alma de Cornélio. E de tal

forma falou, que o nosso cronista teve a impressão de ver movimento nos lábios da estátua, e ouvir-lhe o timbre da voz:

— Cornélio, meu filho, ouvi sua súplica. Seus sofrimentos terminaram. Eu posso e darei a você, neste instante, uma orientação, que como uma receita, curará todos os seus males. Você voltará a ser feliz, terá alegria de viver...

Sôfrego, Cornélio indagou:

— O que devo fazer, meu querido São Benedito, para obter o que me promete?

O santo deu um sorriso enigmático e falou:

— A C O R D A , Cornélio, você está dormindo...

— A C O R D A , Cornélio!

Só que desta vez não era a voz do santo, mas a de Tuca, que assustada, na cama, ouvia o marido chamar aos gritos por São Benedito.

Cornélio acabou de acordar, escutando a recriminação da esposinha:

— Bem que eu lhe disse que a "repolhada" que você comeu ontem não ia lhe fazer bem. E logo com aquele "whisky" paraguaio! Vamos, apresse-se. Logo mais viajaremos à Manaus para o safari que programamos.

Cornélio sobressaltou-se. Ir à Manaus para o safari? Nunca!

— Não vou! Nunca irei à Manaus. Não quero nem ver filme de safari. E sabe o que mais? Vou beijar, agora mesmo, a nossa Conceição. Diga aos amigos que adoeci , fiquei louco, mas nesta excursão eu não irei. Além disso, nunca mais quero o Coriolano Fortuna nesta casa. E vou criticar aquele delegado amigo por usar de meios contrários aos direitos humanos.

Tuca não entendeu nada, mas obedeceu. Desmarcada a viagem, a paz prometida por São Benedito voltou ao nosso Cornélio Paranhos de Abrunhosa.

Entretanto, todo dia treze de maio, dia da libertação dos escravos, sorrateiramente, Cornélio vai à igreja de São Benedito levar uma vela do tamanho de sua estatura. E, ao sair, sorri para o santo e atira-lhe um beijo com a ponta dos dedos...

Conferências e conferencistas

O auditório estava superlotado, como em todas as quintas-feiras. Amado Bulhões deu início à conferência daquela noite versando sobre a problemática dos dias atuais, vícios e virtudes, dificuldades da vida, dando destaque especial à tolerância, à condescendência que se há de ter com o ser humano. Afirmava que este não consegue seguir convenientemente as pegadas do Cristo porque não tem ainda condição evolutiva para tanto. Dizia, também, entre outras coisas, que ser cristão, atualmente, na verdadeira acepção da palavra, é algo temerário, quase um suicídio, uma vivência praticamente impossível.

Voltado para a assistência, tinha a oportunidade de observar que o seu humanismo, semelhante ao do inesquecível Humberto de Campos, era positivamente absorvido pela platéia. Notava sorrisos nos rostos atentos, inúmeros gestos de assentimento. Enfim a concordância unânime da platéia empolgada envolvia-no em fraternal carinho do qual ele podia sentir o calor, tal a intensidade de vibrações que chegavam até ele.

Amado era normalmente vibrante em suas exposições, mas aquela era uma ocasião peculiar para o orador. Na platéia, alguém muito especial o estimulava. Era a **única** para ele, sem que ninguém soubesse, somente ela. Porque Amado era "amado" por muitas mulheres, mas a vida lhe pregara uma peça: e ele fora amar justamente a quem não podia...

Ao término do tempo reservado a sua fluente oratória foi juntar-se à alma querida até que a reunião terminasse.

O presidente da mesa convidou, então, Jânio de Jesus, a fazer uso da palavra. Este era o protótipo do cristão-exportação, isto é, só "por fora". Fora, em encarnação precedente, famoso bispo da Igreja Católica. Andava, agora, com passos miúdos, reminiscência atávica do tempo em que usava batina, para não tropeçar nela. Trazia o livro espírita junto ao peito, como fizera em vida anterior com os livros sacros. Habitualmente, em suas conferências posicionava o dedo em riste fazendo verdadeiros sermões e intimidando a assistência. Agora, não mais com a ameaça dos sofrimentos eternos, mas com o desconforto do transe do desencarne e das dores espirituais que assaltam aqueles que não seguem à risca determinados conselhos e ensinamentos.

Ora, a maioria dos ouvintes é composta de pessoas simples, que por muito sofrerem no dia-a-dia para ali se dirigem em busca de um lenitivo, de uma explicação para seus males ou dúvidas, e não para receberem uma sobrecarga de condenações.

Amado conhecera Jânio na encarnação anterior, quando fora por este condenado à fogueira como herege, mas atualmente não eram inimigos e até tinham uma convivência pacífica. Contudo, conhecendo-o bem, Amado murmurou ao ouvido de sua amada:

— Prepare-se para ouvir uma catilinária elefantina. E infelizmente este não é um caso isolado. Pode-se observar, com freqüência, certos oradores espiritualistas "castigando" a assistência, principalmente oradores propensos às dissertações evangélicas. O escritor Henrique Rodrigues, que você também conhece, contou-me um fato interessante ocorrido há algum tempo. Em certa comemoração relativa ao Livro dos Espíritos fora convidado por João Ghignone, presidente da Federação Espírita do Paraná, para, juntamente com Deolindo Amorim, ser orador oficial da efeméride. Lá inclusive, conheceu Alexandre Sech, hoje médico renomado. Entre outros confrades havia uma senhora de nome Nancy, que, num desabafo, exprimiu todo o enfado com que são ouvidas determinadas conferências, assim se expressando: "Em determinada reunião o orador anunciou: "Hoje comentaremos a passagem de Jesus pela Casa de Zaqueu". Ora, já "fui" inúmeras vezes à casa do tal Zaqueu. Conheço a casa dele da sala de visitas até o quintal. Sei de cor toda a passagem evangélica. Não deu para agüentar e saí. Sofrer pacientemente acelera o ritmo evolutivo, mas aquele castigo era demasiado..."

Bem, deixemos o relato do Henrique e vejamos o que Jânio de Jesus tem a arengar, falou Amado Bulhões.

E não deu outra:

— Vamos comentar a passagem evangélica: "Na casa do Pai há muitas moradas".

E discorreu sobre as amenidades de um mundo superior, de flores, brisas e mel, tudo sob a batuta do meigo Rabi da Galiléia. Mas não deixou de ameaçar a platéia, que após o dia exaustivo de trabalho foi dormir amedrontada pelas descrições das paragens purgatoriais do Umbral, que esperam a maioria transgressora das leis. Autoritário, julgava-se no direito de advertir, exigir ou orientar pessoas. Ele, bem como alguns outros, ao invés de atenderem os anseios dos ouvintes, do que desejam ou necessitam saber, pretendem ser árbitros do certo e do errado, tudo em nome dos espíritos superiores, de Jesus e até de Deus.

— Você tinha razão, comentou a querida de Amado. O mundo está repleto de cristãos, tipo exportação. Dizem seguir o Evangelho, mas é ele mesmo que leciona: "Onde existe o espírito do Senhor, aí há liberdade".

No dia seguinte, Amado Bulhões viajaria para uma cidade do norte do Brasil. Quis o destino que encontrasse no aeroporto, Jacinto Dores, professor de Sociologia de determinada Universidade, um "avermelhado" materialista. Este, por incapacidade de metabolização espiritual negava tudo aquilo que estivesse fora do que a ciência acadêmica ensina ou dita como verdade. Jacinto respeitava Amado, reconhecendo nele certa dose carismática capaz de levar seus ouvintes ou interlocutores, como que em transe hipnótico, a visualizar claramente o que ele pretendia transmitir.

Jacinto Dores viajaria para a mesma cidade. Assim, acomodaram-se no avião em poltronas próximas.

Jacinto tinha verdadeiro pavor de voar. Amado, para descontraí-lo, assim que o avião levantou vôo, começou a dialogar com ele. Conversa vai, conversa vem, tocou no assunto de outras dimensões da vida, isto é, das "muitas moradas na casa do Pai":

— Amigo Jacinto, aqui estamos em um "céu", que como outros, em variadas alturas ou profundezas, são favoráveis às diversas condições de vida. Os pássaros vivem no ar, as minhocas no interior do solo, os peixes no mar, homens e animais vivem na superfície da Terra. Alguns homens passam a maior parte de suas vidas trabalhando no interior de minas, outros em submarinos, outros ainda em aviões ou em foguetes espaciais. E não é tudo, há muitas outras moradas na casa do Pai.

O avião deu um pequeno solavanco registrado temerosamente por Jacinto, mas Amado não interrompeu sua exposição:

— Você pode não acreditar, mas uma das casas do Pai está a nossa espera. Depois que cumprirmos o curso da vida neste planeta entregaremos a contraparte material aos vermes, e se fizermos por merecer, iremos para local de maior entendimento, de melhores sentimentos, enfim um mundo de paz. De paz e cultura também, porque nesse "outro" céu, ignorante não pode entrar, mesmo que seja santo, assim como o sábio que não for bom. Tente imaginar a incomparável beleza dessa nova morada do Pai, muito semelhante à vida na Terra, já que a vida na Terra é uma cópia deformada daquela do plano espiritual. Luzes projetam-se sobre o ambiente de inúmeras fontes, pois jorram dos seres, dos vegetais, das edificações. As músicas são sinfonias da natureza. Lá, as múltiplas formas de lazer em tudo superiores ao que conhecemos proporcionam um bem estar imenso. E também é dada às criaturas condição de ampliar infinitamente seu cabedal de cultura. Os seres adquirem outra concepção e nova forma de beleza. A estrutura corporal é mais sutil, não existem doenças, alternâncias climáticas, guerra, fome, mordomias ou "farisaísmo", tão comuns em nosso mundo. Sente-se plena alegria de viver!...

— Amado, você me convenceu. Sou materialista, mas sou honesto, ganho o meu sustento em trabalho correto, ao qual sou dedicado. Cuido dos familiares, cumpro os deveres, e na medida do possível procuro amenizar as dores do próximo com auxílio material, ou mesmo com uma palavra amiga de apoio ou consolo.

Parece incrível, mas sinto-me como se estivesse, agora, em um mundo como este que você acaba de descrever! Olho para os lados e vejo uma paisagem magnificamente bela, diferente de tudo que conheço. E olhe só quem vem ali! Aquela criatura maravilhosa que foi minha avó, que muito amei e tanta saudade deixou quando morreu em avançada idade...

— É realmente sua avó, eu também posso vê-la. Cumprimente-a, mate as saudades. Ela o ama e veio recebê-lo. Veja, está também acompanhada daquela que foi minha avó. Ambas sorriem para nós.

— Espere aí, não estou entendendo nada! Estamos num avião a caminho do norte. Que aeroporto é este? Não percebi a aterrissagem do avião! Deixe de brincadeira e tire-me deste transe hipnótico para que eu me localize.

Amado Bulhões, sorrindo, respondeu:

— Estamos agora numa das moradas do Pai, o avião trouxe-nos até aqui.

— Como? Nunca ouvi dizer que este lugar existisse e muito menos que fosse local de conexao de viagens aéreas!

— Recorda-se daquele solavanco no ar? Naturalmente pensou que fosse uma turbulência, mas foi outra coisa...

— Não foi? Então o que aconteceu? perguntou Jacinto já em pânico, aconchegado como uma criança nos braços da avó.

— Um míssil extraviado chocou-se contra o avião em que viajávamos. O solavanco não foi do avião, mas ocasionado pelo desprendimento de nossos corpos, obedecendo a lei da gravitação, em busca da Terra de onde sairam. Ficamos **nós**, que somos espíritos eternos, por aqui mesmo, em uma das moradas do Pai. Por sinal, uma boa morada, que fizemos por merecê-la, já que as leis da vida não permitem injustiças. Enquanto conversava com você percebi o que estava acontecendo. Então, deixei de historiar e passei simplesmente a descrever o novo ambiente. O desencarne foi rápido e fácil, com a explosão do aparelho no ar. Houve uma passagem, imperceptível para você, da explanação teórica para a realidade prática...

Pouco tempo depois, através de um médium, Amado enviava mensagem para aquela que fora sua alma gêmea:

— Estou "numa ótima" esperando por você. Vá àquela instituição e diga ao Jânio de Jesus para começar a ser cristão verdadeiro, senão ser-lhe-á reservado aqui um porão como residência, que por sinal, também é uma das moradas do Pai...

O HERÓI

Dois velhos conversavam, e como toda conversa de idosos o assunto era sempre o mesmo: lembranças, frustrações em detalhamento de suas vidas. Eram como duas composições ferroviárias, que após longos percursos, aproximavam-se do destino final de todas as viagens: a morte e o esquecimento.

Morgan era funcionário público aposentado. Tivera uma vida rotineira durante trinta e cinco anos de magistério elementar. Casara-se com uma colega de função e tiveram cinco filhos. Sua casa ainda se assemelhava a um quartel, com genros, noras e netos. Uma rotina familiar muito comum nas famílias mineiras. Aposentado, deixara-se ficar preso à quotidiana tarefa da compra do pão e leite pela manhã enquanto a "descendência" dormia, já que velho sempre acorda mais cedo. Em seguida ler o jornal, remendar isso ou aquilo da casa, ver novelas com os familiares e ir dormir. Vez por outra, uma visita aos amigos de seu tempo. Naturalmente, o assunto era política ou política, porque Morgan não se interessava por outra coisa. Infalivelmente desfilavam assuntos sobre corrupções, inflação, erros do governo e planos indefectíveis que ele sabia, com certeza, serem capaz de salvar o país.

— Funcionário, no meu tempo, era muito diferente na pontualidade, no serviço, na probidade com a utilização dos bens públicos, no enquadramento das funções. Hoje em dia vê-se a desonestidade generalizada do mais graduado ao subalterno. Também, hoje, se é verdade que professor não sabe ou não quer ensinar, aluno não quer ou não sabe aprender.

Aluno vai para a escola para "passar de ano" e professor, para ganhar o salário. Meu caro Tovar, a "coisa" não vai terminar bem.

Tovar viera de longe para aquela cidade, nas tramas que só o destino sabe tecer. Trabalhara, quando jovem, em um estaleiro, na fabricação de barcos de pequeno porte, e ganhara, nessa ocasião, o apelido de Naval, ao qual se afeiçoara, porque realmente gostava de mar, aquela imensidão estuante de vida e plena de mistérios. Seu destino, entretanto, havia sido agitado. Sem muito brilho, sem nenhum título de formação acadêmica, embora pleno de situações as mais diversas, obrigando-o a tomar decisões inusitadas que, com o decorrer dos anos, conferiram-lhe vasta experiência. Agora, na velhice, davam-lhe, até um "ar" de sabedoria. Ao contrário de Morgan, na maioria de suas atividades, havia sido um "free lancer". Sem horários determinados, sem férias remuneradas, sem garantias de emprego, sempre correndo riscos, ganhando apenas com o que produzia. Com uma liberdade que muitos invejam, mas que raros se dispõem a viver. É que essa liberdade tem um peso de responsabilidade e isso ninguém quer. Liberdade, sim, responsabilidade, não. E a ser livre e responsável, a maioria prefere ser escravo, servo, medíocre e dependente...

Duas vidas muito diferentes. Uma, como a do pássaro engaiolado que reclama por falta de espaço para voar, mas que gosta do alpiste fácil, da água trocada todos os dias, das variações alimentares que o dono lhe proporciona; que está protegido do sol e da chuva, dorme abrigado, fora do alcance de predadores e aves de rapina. Até sua prole está protegida no cativeiro. Em troca, deve cantar para a alegria de seu dono nas horas certas ou preferidas...

A outra, não. Uma vida em que a manutenção tem que ser procurada todos os dias nas incertezas do meio e do ambiente, não só para si como também para os seus. Uma vida em que se desenvolve, por constantes agressões, a arte, a capacidade de se defender e atacar, tornando-o mais forte. Tovar e Morgan estavam chegando ao fim da linha, contudo, cada um havia passado por tão diversos climas, acidentes de jornada, estações de paradas obrigatórias, cargas transportadas, distâncias percorridas em maiores ou menores velocidades; desastres e quebras na maquinaria, dias de chuva e de sol, de calor e de frio muito diferentes. Por fora eram dois trapos, duas legítimas "sucatas". Mas, por dentro, como divergiam!

Certo dia, Naval contou a Morgan sua história. Morgan nunca poderia ter vivido daquele modo. Assombrou-se ao tomar conhecimento de certos detalhes da jornada do amigo. Não se conteve e sentenciou:

— Naval, você é um herói!...

Esta definição emergia, agora, nas meditações de Tovar, enquanto o ônibus que o conduzia para longe de onde vivera por muito tempo serpenteava pela estrada. Recordava de toda a sua vida como se fosse um filme projetado em sua tela mental. Desde garoto, em infância sofrida, até a idade madura. Sentia-se, como sempre, seguro e tranqüilo.

— Naval, você é um herói... Parecia ouvir novamente.

Deveria ter respondido:

— Você também é um herói... falido como eu...

Afinal, o que é ser herói? A humanidade poderia citar inúmeros casos, mas na galeria dos que a história guardou, o seu nome não estaria. Não seria nome de rua, de praça, de estrada. Sua foto não estaria estampada em cédulas de dinheiro, ou sua esfinge em moedas. Monumentos públicos, casas de espetáculos, praças esportivas, navios, promoções, nada lembraria que ele tivesse existido. Quando morresse, poucos guardariam seu nome e mesmo esses poucos, por reduzido espaço de tempo o fariam. Era um anônimo entre anônimos que formam o oceano medíocre da humanidade. Poderia ter sido "alguém", teve garra e obstinação para tanto, mas a Vida, que alguns chamam de Deus ou Destino, por determinação que só leis sábias poderiam explicar, havia traçado para ele um posicionamento diferente. É bem possível que alguém escreva em sua sepultura: Aqui jaz ninguém. Se nasceu, ninguém soube para quê e nem porquê. Morreu sem que ninguém sentisse sua falta...

— É, velho e carcomido Morgan... e você a afirmar que sou um herói!

O mundo conhece o herói guerreiro que morre em batalha e salva sua pátria. O mundo glorifica os astros populares do esporte, das artes cênicas, políticos, lideranças religiosas, magnatas da economia e proprietários de grandes fortunas. Esses são os heróis que recebem a consagração pública e que a história humana conserva...

De garoto, Tovar já pôde sentir que não teria a proteção inicial necessária que deveria receber de seus pais. Sabia, entretanto, que outros haviam passado pela mesma situação. Deveria aprender logo a se defender porque toda a garantia estava nele. Sentiu o aroma da liberdade, mas percebeu que com ela vinham a responsabilidade e o dever, os quais, sempre estariam acima de seus desejos e sentimentos pessoais. Bem cedo aprendeu a ganhar o seu próprio sustento já que não poderia contar com ninguém. E a vida foi-lhe impondo lenta e implacavelmente uma sobrecarga de obrigações que se avolumavam proporcionais ao avançar dos anos...

O mundo reconheceria, por acaso, o heroismo de um trabalho pesado, executado inadequadamente para a sua idade? Reconheceria o sacrifício de ter que assumir encargos de família além dos seus? Jornadas de trabalho de horas indeterminadas para ganhar algo mais, e atendendo necessidades que, na maioria das vezes, não eram dele? O esforço solitário para adquirir cultura e poder viver melhor? A honestidade de saldar débitos financeiros a fim de poder exibir sempre para si e para os seus uma dignidade integral? O mundo reconhece esse tipo de honra? A frustração no abandono de um ideal, pela impossibilidade de deixar seus dependentes entregues à própria sorte? Que diabo de noção de dever era essa que só o sobrecarregava de obrigações? É possível, até, que o chamassem de idiota ou débil mental, isso sim, e não de herói.

Tovar, o Naval, media tudo. Sabia que suas forças, agora, iam diminuindo. Estava sempre em atividade, recusara-se a "aposentar-se" de trabalhos e ainda empreendia projetos. Mas não se iludia, embora iludisse os que conviviam e se relacionavam com ele. Havia cumprido suas principais obrigações e deveres para com a família. Por ter carregado o peso de familiares, não queria ser um para os seus descendentes ou colaterais. Iria para longe. Preparou tudo sem que ninguém percebesse. Deixou toda a documentação de bens em ordem. Partia para uma viagem que todos pensavam ser como as outras... mas desta vez não teria volta. O dever lhe impunha não sobrecarregar de trabalho e ônus aqueles que já estavam empenhados nos seus próprios compromissos. Saberia, como sempre, defender-se e sobreviver. Confiava muito nele mesmo e não precisaria de ninguém. Iria para uma praia distante, viver a vida de "herói apagado".

Sonhara, no passado, ter projeção no comando de algo que o fizesse famoso. A vida dispusera em contrário. Ele aceitara, por dever, a sentença. Mas queria ter, ao menos, o direito de morrer onde quisesse. Era bem um naval. Via-se em um barco afundando em pleno oceano, longe, muito longe da terra, para fundir-se nas águas e tornar-se parte delas. Teria direito a isso, ou a vida, pelos seus, como no passado, impediria o novo ideal?

A longa viagem favorecia a meditação.

— Quantos heróis anônimos no mundo!...

Lembrava-se daquela mulher que conhecera no interior paulista, mãe de quatro filhos, todos excepcionais. Que calvário! E, no entanto, ela levava aquelas quatro cruzes sorrindo como se fossem troféus e galardões de uma vitória!

Pensava nos que, subjugados pelo dever, homens e mulheres, vivem uma vida com quem não amam, carentes de afetividades, anêmicos de amor, por filhos, por pais, por doenças...

Refletia nos acidentados, cegos, deficientes físicos, que vencendo suas limitações, ganham a vida com dignidade, mas sem esperanças de poder modificar suas sinas. Vivem sem conhecer certos prazeres que a muitos são propiciados...

Recordava os pais que amargam a viciação, a prostituição dos filhos, e não raro o desaparecimento prematuro deles ou o sepultamento em cárceres multiformes da vida. O sofrimento heróico e silencioso de pais incapacitados de proporcionar condições dignas de estudo, alimentação, moradia, saúde e meio social a seus filhos, os quais, ainda crianças, precisam lutar pela própria subsistência.

Esses heróis esquecidos carregam pesadas cruzes, não coroas de louros. É a eles que a humanidade deveria glorificar. A cruz de Cristo foi mais leve. Primeiro porque foi carregada por pouco tempo, em algumas horas de suplício, por um Ser que sabia o porquê do que lhe acontecia. Mas principalmente porque, sendo de incomparável evolução e poderes, nem se pode cogitar exatamente sobre o padrão ou dimensão do sofrimento que culminou com Sua morte na cruz.

Meditando sobre a desgraça de tantos, sentiu vergonha da qualificação de "herói", que lhe fora conferida. Heróis como ele, quantos existiam! Outros maiores do que ele... Herói ou não, Tovar agora, queria paz, esquecer o passado, não ser um peso para os seus, e por isso ia embora. Na sua opinião, os descendentes não deveriam ter nenhuma responsabilidade pelos ascendentes, porque possuirão, também, seus próprios descendentes, pelos quais, têm obrigações e deveres a cumprir.

Seria orgulho? Não, não era. Talvez fosse uma estranha noção de amor, aquele que tudo dá e nada pede de volta.

Cumprira suas obrigações? Amara muito os seus? Nunca se saberá por onde passam os limites do sentimento e do dever.

Tovar, o Naval, sentia-se feliz. E o ônibus corria para o seu novo mundo...

Continuava perdido em suas meditações... Quanto herói anônimo na aparência do homem comum que se ombreia conosco no quotidiano! E quanta injustiça na consagração do mundo por atos momentâneos de heroismo!

É possível que a história da humanidade escrita na dimensão espiritual consagre heróis e heroismos dos quais ninguém, aqui, tenha tomado conhecimento...

Antigamente havia o "vale dos doentes, esquecidos ou inúteis". Sem mágoas, ele ia em busca do seu. Viver em sonhos o que não conseguira viver em realidade...

A república dos cachorros

"— Urge que organizemos convenientemente nossa nação! Para isso, o ideal será eleger uma assembléia constituinte que cuidará de estabelecer os direitos e deveres da raça canina. Somente assim seremos respeitados e teremos oportunidade de impor nossas reivindicações, justíssimas, por sinal! A tal Sociedade Protetora dos Animais, apesar de tantos anos de existência, comprovou sua ineficácia e naufragou na inutilidade; essa associação, como inúmeras outras da grotesca civilização humana, funciona, na verdade, como cabide de empregos, pretexto para exortaçoes piegas, projetos mirabolantes, protestos verbais... Mas de realização concreta, não se vê absolutamente nada! Somos pajeados por seres corruptos que se comprazem com mordomias, praticam mil formas de desfalques, mentem, adulteram, prostituem-se de muitas maneiras. Se impusermos a eles a força de nossa união, talvez um dia possamos governar os que nos governam hoje. A situação precisa mudar, porque, na realidade, comportam-se pior do que os irracionais que dizem proteger. Quanta ferocidade entre os homens! Quanto cinismo! Chegam a declarar, incoerentemente, que são membros de civilização cristã... Vamos à luta..."

Quem assim discursava era Veludo, um cão sarnento e magro não por dieta voluntária, mas por contingência da vida.

Livre, sem dono, perambulava por onde queria, embora conhecesse profundamente as agruras que a liberdade impõe a quem opta por ela.

Alguns colegas reconheciam nele um verdadeiro filósofo pelas suas observações e pronunciamentos sobre o quotidiano. E o apelidaram de Diógenes, já que morava numa barrica em um terreno baldio.

— Você é um sonhador, um teórico, amigo Veludo. Quem está no poder não abre mão dele e dos respectivos privilégios. Somente pela rebeldia organizada ou pela violência de um golpe forçar-se-ia mudança na estrutura, retrucou Tripé, um cachorro que havia tido uma das pernas decepada por um "Landau", dirigido justamente pela diretora geral da Sociedade Protetora dos Animais. Você, meu caro Veludo, não tem "pedigree", não tem "influências" para impor a formação da nossa república, porque você é, perdoe-me a franqueza, simplesmente um Vira-latas!

— Vira-latas, coisa nenhuma! Há muito tempo deixei de sê-lo, não por vontade própria e muito menos por ter melhorado de vida. Já vai longe o tempo em que, nas cidades, o lixo era colocado em latas. Isto foi na era das "vacas gordas", ou melhor, dos "cachorros gordos", com fartura de alimentação, principalmente para os colegas que perambulavam pelos bairros da elite endinheirada. Hoje o lixo é colocado em sacos plásticos e em suportes a mais de um metro do chão. Temos que dar pulos para abocanhar o saco depositado lá no alto. Na realidade, a raça dos vira-latas desapareceu para surgir a raça dos "rasga-sacos"...

E nesse "esporte", os malditos gatos levam vantagem, porque saltam mais alto. Quando o lixo ficava no chão era fácil dar um carreirão neles. Agora já penso que devemos estabelecer um tratado de colaboração com os felinos. Com as unhas afiadas que têm, rasgariam os sacos; e uma vez despejados no solo comeríamos na mesma gamela, como fazem os políticos da situação e da oposição.

— Você é genial! Se não conseguirmos acordo com os homens, pelo menos poderemos, contar com a colaboração dos gatos e outros animais. No entanto, devemos dominar os cargos de direção mais importantes, porque afinal, dizem que o cão é o animal mais inteligente.

A partir daquele momento, Veludo e Tripé lançaram-se à luta pela arregimentação de adeptos, principalmente na área dos desfavorecidos, os tais "rasga-sacos". Lançaram-se aos "latinaços", e, copiando os homens, a cachorrada foi se aglutinando e formando grupos, que posteriormente transformaram-se em partidos.

Assim, surgiu o "PCT", Partido dos Cães Trabalhadores, que congregava aqueles que, mesmo sem direitos trabalhistas, vigiavam o dia todo e todos os dias as casas de seus donos. Eram os Pastores Alemães, os Filas Brasileiros e os Dobermanns.

Foi sugerido, como forma de pressão, que deveriam dormir ou fingirem dormir na vigilância deixando os ladrões à vontade para agirem nas casas de seus patrões.

O "PCA" era o Partido dos Cães Artistas, reunindo aqueles que trabalhavam em circos, em filmes ou como modelos de propaganda para produtos da classe. Estes, reivindicavam melhores rações e descanso semanal.

O mais forte, entretanto, era o "PMDC", Partido pela Melhoria do Desenvolvimento Canino, cuja bandeira era a democratização da vida dos cachorros, sem privilégios de raças, veterinário acessível para todos, refeições sadias e fartas, banhos diários e os indispensáveis medicamentos contra os parasitas do pelo, contra pulgas, etc... Era o partido do povão, da maioria sempre injustiçada que levava pedradas e ponta-pés. Muitas vezes eram recolhidos em infectas carrocinhas para servirem como cobaias para a vacina contra raiva e outras experiências, ou mesmo eram levados às fábricas de sabão. Este grupo também exigia proteção e amparo aos velhos cães que não tinham mais condições de proverem o seu sustento.

Apareceu, ainda, o "PEC", Partido a Elite Canina,

integrado por cães de madames, freqüentadores de salões de beleza, de boutiques, que viajavam em aviões ou carros para férias regulares em praias. Estes, comiam em pratos de louça e andavam livremente no interior da casa de seus donos, por tapetes e almofadas. Eram acariciados como bebês, e não raro, beijados até na boquinha. Naturalmente, eles não viam com bons olhos aquela movimentação canina. Temiam que um nivelamento por baixo fizesse com que perdessem a boa vida que levavam. Além do mais, o movimento reivindicatório poderia levar a tal República dos Cachorros para uma estrutura socializante. Contudo, logo perceberam que não adiantava fazer oposição declarada. Contra a força, não se deve opor resistência. É geralmente inútil, mesmo porque a luta entre agressor e agredido fortalece este último. Na defesa, aprende a reagir de mil formas mais seguras do que as da força. Fingindo aderir, apoderar-se-iam do comando do movimento; e posteriormente, de desvios em desvios, fariam com que tudo continuasse como antes, e que era o que mais convinha.

Não se sabe como, organizou-se também o "PFLC", Partido Feminino da Libertação das Cadelas, reclamando pela distribuição gratuita de anticoncepcionais, pois não queriam mais correr o risco de gestação indesejada. Inclusive exigiam defesa das fêmeas contra o abuso dos machos e a perseguição que sofriam, na ocasião do cio, por parte de verdadeiros bandos. Além disso, lutavam por voz igual a dos machos nas decisões da Constituinte que governaria a República.

Veludo a tudo assistia entusiasmado com a explosão da nacionalidade canina. Insistia no "já", tinha que ser agora, o momento amadurecera, quebrariam os grilhões da escravidão e da subserviência. Tripé ainda sugeriu uma greve geral, mas chegaram à conclusão que não levaria a nada. Resolveram, então, fazer um "cachorraço" geral, isto é, em determinada noite, de preferência na sexta-feira santa que se aproximava, quando quase todo mundo vai dormir mais cedo por falta de diversões, começariam latir às vinte e três horas e não parariam até as sete do dia seguinte. Um barulho ensurdecedor para enlouquecer sadios e curar loucos, os quais, possivelmente, também passariam a latir.

Assim sugeriram e assim foi feito. E com a ameaça de prolongarem o "latinaço" por tempo indeterminado, receberam um Ato Institucional em que ficava convocada uma assembléia devidamente respaldada por processo eletivo, e que daria legitimidade aos direitos dos cachorros.

Os eleitos reuniram-se no picadeiro de um velho circo. Veludo e Tripé foram muito votados. Mas por manobras do partido dos cachorros de elite (que esperavam que o movimento vencesse para em seguida assumirem a paternidade dele), nada mais conseguiram do que a presidência e a vice-presidência da Comissão de Vigilância Sanitária dos Postes da Rua. Para a Xuxoca, líder feminista das cadelas, foi dada a honrosa presidência da Comissão de Lazer e Bem Estar dos Membros Constituintes, o que a deixou feliz da vida. Mas a presidência da Constituinte coube a um velho canzarrão pertencente à raça São Bernardo (raça esta em que os cães geralmente são adestrados para, nos Alpes, levarem conhaque aos que se atolam na neve). Seu latido vagaroso, rouco e compassado está mais para "ou, ou, ou" do que para o "au, au, au" dos cachorros comuns.

E foi com um lento e cansado "ou, ou, ou" que a primeira sessão foi aberta num domingo de muito sol. E não deu outra. A cachorrada sem preparo, sem tática parlamentar, imediatista, sem educação, transformou o plenário num pandemônio. Todos pediam a palavra, ou seja, todos latiam e ninguém se entendia. Na prática, cada qual procurava defender o seu osso ou filé, porque ali a alimentação era farta e de primeira.

E choviam por toda a parte sugestões e emendas:

— Acabem com as famigeradas carrocinhas de apreensão aos cães vagabundos, que somente o são por abandono da família ou por falta de quem os adote!

— Fim das experiências científicas com os cachorros!

— Este auditório deve receber denominação de "Laika"

em homenagem póstuma à primeira cadela astronauta, e que morreu no cumprimento do dever.

— Que voltem rapidamente os tempos em que se amarrava cachorro com lingüiça!

— Fim da discriminação racial! Todo cachorro e cadela tem direito de acasalar-se com quem queira, falou um Lulu da Pomerânia, cansado de "Arroz Doce", sua companheira para procriação.

— Proteção aos mais fracos, latiu freneticamente um Pintcher que transitava livremente por entre as pernas de seus pares.

— Seguro de vida contra acidentes aos cães que acompanham os caçadores de codornas, e que muitas vezes levam chumbo também, gritou um Perdigueiro.

— Cachorro também é filho do Criador e deve haver cemitério para todos, a fim de que, como agora, a maioria não se transforme em pasto de urubu.

— Que voltem as latas de lixo e abaixo os sacos plásticos!

— Anticoncepcionais para as cadelas, para que não sejam obrigadas a gerar e amamentar tantos filhos. E que tenham direito ao aborto também.

— Escola vocalista para afinar o latido, que é a fala do cachorro.

— Abaixo as coleiras, colares em seu lugar, esganiçou uma cadelinha Fox Terrier perfumadinha e de pelo aparado.

— Nós, Dobermanns, protestamos veementemente contra o corte do rabo e das orelhas, pois sofremos para ficarmos a gosto de nossos donos.

— Silêncio! latiu um Dálmata que secretariava o presidente. Assim nada conseguiremos!

Mas a bancada dos cães trabalhadores não obedeceu. Formada por um grupo de rasga-sacos "partiu para a ignorância" mordendo a todos que se opunham às sugestões banais, esquecidos daquilo que era realmente essencial.

— OU, OU, OU! disse o presidente, que tanto podia significar "A sessão está aberta" como "A sessão está encerrada".

E lá foi a cachorrada em busca de alimentação, dos postes e do amor com as assessoras ou colegas de diplomação.

Imitando o mau exemplo de seus donos, a direção da assembléia canina tudo fazia para que a Constituição não saísse do projeto, e que os ideais de Veludo fossem todos para o brejo.

Veludo e outros poucos idealistas cansaram-se de tantos prolegômenos e considerandos, de apartes e adendos inúteis. A maioria viu no movimento a oportunidade de ganhar notoriedade e auferir vantagens, principalmente dos "jetons" consubstanciados em carne de primeira, leite com mel, veterinário de plantão, massagista e transporte gratuito, tudo por conta do mandato outorgado pela plebe.

Os objetivos degradaram-se, e não dizemos que se avacalharam, porque vacas não tinham acesso ao recinto. O partido dos artistas houve por bem utilizar o plenário para exibição de suas habilidades. Cantos com uivos, ventarolas presas às caudas e houve até mesmo a apresentação de músicos amestrados e alguns pianistas...

Os ideais da Constituinte desvirtuaram-se de tal forma que conseguiram transformar a tal assembléia num autêntico "show" circense. Foi quando um dos constituintes, eleito por prestígio no campo esportivo da luta livre, saturou-se, e resolveu acabar com a festa, "ligando o ventilador na farofa de todos". Era o Bronco, um Buldogue feroz, que mordendo o presidente, bufou ao microfone:

— C h e g a ! Estou raivoso!...

Foi o quanto bastou para que houvesse uma debandada geral. Raiva, para cachorro, é o mesmo que a Aids para os humanos, isto é, a antecipação do atestado de óbito. Nem o Bronco entendeu bem, já que se referia à raiva como sinônimo de "ira". Pelo sim, pelo não, nenhum cachorro ou cadela esperou pelo esclarecimento. Há cachorros correndo até hoje para bem longe do Buldogue, principalmente aqueles pertencentes ao partido da elite canina...

Tempos depois, vamos encontrar Veludo, o nosso cão filósofo e idealista —, dialogando com o amigo Tripé:

— O mau exemplo vem sempre de cima. "Aquilo" estava muito semelhante a uma assembléia de homens e mulheres com suas vaidades, futilidades e defesa de interesses particulares. Se o cão é o melhor amigo do homem, por essa amizade, talvez tenha absorvido seus vícios e modos de procedimento.

— E nós, continuamos com a "vida de cachorro"?

— De que tipo de cachorro? Há muito cachorro que tem vida melhor do que qualquer ser humano e há homens com vida de cão, mas de cão pobre, de rua, como nós, cujo sofrimento não toca o coração de outros homens bem posicionados, e que apenas por demagogia dizem ser seus irmãos! Estes é que são os verdadeiros cães, na acepção pejorativa da palavra... E que me desculpem os meus pares por comparar esses homens a eles...

crimes perfeitos

Nas notáveis histórias policiais criadas pelo escritor e médico inglês sir Arthur Conan Doyle e cujo personagem central é o detetive amador Sherlock Holmes, bem como na maioria dos romances do mesmo gênero, o criminoso sempre acaba sendo descoberto. Enquadrado em um ou mais artigos do Código Penal da justiça humana, é processado e condenado. Assim, é costume afirmar: "o crime não compensa" e "não há crime perfeito".

No panorama da vida em nosso mundo estas máximas comportam avaliações, uma vez que nem sempre correspondem à verdade. Aí estão as variadíssimas formas de peculato institucionalizado ou não, de desfalques premeditados, que lesando o povo, contribuem para o enriquecimento daqueles que acabam por escapar ilesos dos rigores das leis.

No passado Cristo afirmou que "o amor cobre uma multidão de pecados". Hoje podemos afirmar que "o dinheiro encobre uma multidão de crimes". Que o digam os que desfrutam de mordomias, roubando dos cofres públicos o dinheiro suado dos que trabalham honestamente. Já dizia Humberto de Campos que "as leis humanas são teias de aranha que servem para apanhar insetos, mas que se deixam romper pela pressão de qualquer corpo mais pesado".

Portanto, no estágio atual da evolução humana, infelizmente podemos afirmar que muitas vezes "o crime compensa".

Evidentemente, em se tratando de certos tipos de

falcatruas, embora "o crime compense", não chega a ser "perfeito". Escândalos vêm à tona denunciando imoralidades. Mas certos tipos de criminosos não se importam com a repercussão do ato praticado, com a denúncia do ilícito. Basta-lhes a compensação financeira e a impunidade.

Existirá o crime perfeito, aquele que isenta o criminoso do escárnio público ou da punição? Aquele que é praticado com tal perfeição, que não deixa vestígios nem testemunhas?

Existe sim! Os seres humanos desconhecem as leis perfeitas do mundo superior. Aplicam suas inteligências no conceito do bem próprio em detrimento do bem alheio. Recebem influências cármicas obsessivas. Têm um conceito de justiça imediata, e aquele que se sente lesado tende a executar o infrator com suas próprias mãos. Todas estas afirmativas autorizam-nos a afirmar que existe o crime perfeito. É evidente que o termo "perfeito" está aqui empregado no sentido de escapar **apenas** da justiça e do conhecimento dos tribunais humanos.

Mantenho uma espécie de clínica-escola, mais escola do que clínica, por onde desfilam inúmeros dramas humanos, alguns cômicos, outros trágicos.

Todos os contos e comentários que faço possuem um fundo verdadeiro. Por uma questão de ética imposta pelo segredo com que os relatos são feitos, ao torná-los públicos, omito nomes, troco cidades e mesmo sexo. Mas o fundamento do drama, sua essência é verdadeira. Inclusive, os protagonistas reais reconhecem nos relatos a história de suas próprias vidas e entendem minha precaução nas mudanças introduzidas. Outros, possivelmente, podem ter vivido dramas semelhantes, mantendo seus crimes ou deslizes num anonimato que lhes atormenta a consciência. Estes, talvez encontrem na descrição dos dramas alheios, uma resposta aos seus problemas ou uma orientação que lhes seja útil.

Há muitos anos fui procurado por uma senhora de mais ou menos cinqüenta anos. Pelo telefone pediu-me uma consulta sigilosa. Logo depois, estava diante de mim uma criatura angustiada, rosto vincado, muito mais pelas noites de insônia que pela idade que tinha. Oriunda de cidade do interior de um estado nordestino, possuía quatro filhos já adultos, dois homens e duas mulheres, três dos quais já casados. Era uma mulher de muitas posses. Inicialmente disse viver angustiada por algo que carregava dentro de si pesando-lhe na consciência. Disse possuir tudo para ser feliz e viver em tranquilidade, mas não tinha felicidade nem paz de espírito.

Para todas as pessoas que me procuram sempre dou o que tenho, ensino o que sei, faço o que posso. Se estiver ao alcance de meus recursos, faço tudo o que for possível para auxiliar pessoas deprimidas a resolverem seus problemas, mudarem seu estado de ânimo e conseguirem encontrar a relativa felicidade que se pode viver neste mundo.

Deixei-a bem à vontade e ela começou a dizer:

— Carrego há muitos anos, em silêncio, um drama do qual fui protagonista e única testemunha. Matei meu marido com requintes de inteligência, numa programação sem falhas. Durante muito tempo este fato não me incomodou. No início senti-me feliz, liberta de um tirano que amargurava a vida de meus filhos e a minha, transformando nosso lar num inferno. Achei mesmo que tinha tido inspiração de Deus, tão perfeitamente tudo transcorreu...

Não é comum ouvir um relato como este. O que desejaria aquela mulher? O que eu poderia fazer?

Ela parou como que para tomar fôlego e depois prosseguiu:

— Só você dividirá este segredo comigo... preciso dividi-lo com alguém. O peso, agora, ficou enorme. Meus filhos foram crescendo, tornaram-se independentes e ganharam o mundo para viverem suas vidas. Estou sozinha com uma irmã mais velha, que de nada me serve. Conheci-o há tempos, em conferências e em entrevistas na televisão, por isso estou aqui. Você é um humanista, não é um Catão, nem um religioso de vestimenta moralista.

Nova pausa. Ante o meu silêncio, recomeçou:

— Casei-me aos quinze anos, por imposição de meus pais, com um fazendeiro que tinha o dobro de minha idade. Na cidade em que eu morava todos diziam que eu tinha feito um ótimo casamento, porque meu marido era um homem de grandes posses de terras e empreendimentos. Em pouco tempo tudo mudou. Relegada à tarefa doméstica e à condição de objeto de satisfações sexuais de meu marido, acumulei quatro filhos em curto espaço de tempo. Depois uma anomalia genital impediu-me de continuar procriando. A doença abalou-me seriamente a saúde. Tirânico, Belizário passou a ter várias amantes e a agredir-me não só com palavras, mas fisicamente também. Durante muito tempo suportei os maus tratos, enquanto uma revolta silenciosa transformava-se em ódio. Daí ao desejo de eliminá-lo, foi um passo.

Percebi nitidamente o desejo de justificação por parte da mulher. Situações semelhantes fazem com que muitas esposas, embora não eliminando fisicamente seus maridos, no íntimo, o façam muitas vezes ao dia. Muitas mulheres só conhecem a felicidade e a paz quando os respectivos esposos baixam à sepultura. Algumas, não suportando o trâmite normal, abreviam ou aceleram o processo.

— Meu marido era portador de enfermidade que o obrigava a tomar injeção diária de um medicamento para compensar a disfunção. Era eu quem a aplicava, pois morávamos na fazenda. Sem que ele percebesse, adquiri, na cidade, algumas ampolas de água destilada e passei a aplicar-lhe. Um dia entrou em coma. O médico foi chamado, mostrei-lhe as ampolas autênticas, mas continuei a injetar a água. E ele morreu... O médico, amigo de meu marido, consultava-o periodicamente, razão pela qual não houve necessidade de autópsia. Determinou como "causa mortis": choque hiperglicêmico. Enfim, meus filhos e eu estávamos livres do tirano. Vendi a fazenda e mudei--me para a cidade, onde os recursos escolares eram mais acessíveis e o ambiente bem diverso daquele que havia sido palco de meu drama. Seria feliz! E fui, por um bom tempo.

— Alguém soube, algum familiar?

— Não já disse. Você é o primeiro a saber.

— Por que resolveu me contar?

— Porque de uns tempos para cá algo de novo vem acontecendo, talvez ocasionado pela progressiva solidão de minha vida. Meus filhos foram se encaminhando, não precisam tanto de mim como antes, que tinha meu tempo todo tomado por eles. Aos poucos fui tendo mais tempo para meditar. E o fantasma do passado, aparentemente sepultado para sempre, retornou. Será ele? Não raro, em estranhos sonhos ou pesadelos, vejo meu marido me acusando em tribunal, onde também estou presente e ouço o relato de meu crime. Ouço vozes que me defendem e outras que me acusam. Apavora-me a aproximação da hora de dormir, porque sei que me esperam para novo julgamento. Detesto a vida. Não sei o que fazer. Penso em denunciar-me à justiça e pagar pelo meu delito. Também já pensei em matar-me, fugindo deste suplício. O que faço para ter paz?

As últimas palavras vieram entrecortadas por desesperado choro. Dirigi-me a ela como se fosse a uma filha, e disse:

— Você não deve procurar a polícia por vários motivos. Primeiro: seu crime já está prescrito pelo tempo transcorrido: além do mais você pode ser considerada como portadora de doença mental, internada em sanatório e submetida a tratamento com psicotrópicos, que agravarão seu estado de ânimo. Segundo: você não tem o direito de perturbar a paz de seus filhos e familiares a eles ligados, o que fatalmente ocorrerá se souberem que sua mae tirou a vida de seu próprio pai. Será um drama para eles que já não se recordam da tirania do pai, e têm-na como mãe exemplar. Note que não aliviará sua consciência e talvez aumente a depressão que estender-se-á a todos os envolvidos. Terceiro: mesmo sendo presa e condenada, a solidão do cárcere não melhoraria a situação, principalmente se o objeto de suas preocupações não for apenas a ideoplastia do remorso em sua consciência, e se tratar da presença espiritual daquele que foi seu marido nesta vida. O melhor, mesmo, é que ninguém saiba. Porque até os parentes consangüíneos do falecido que a admiram e solidarizaram-se com você naquela oportunidade, repudiá-la-iam, criando mais um foco de adversidades. Quarto: suicídio, nem pensar; somaria um crime a outro. No mundo espiritual, o encontro com seu marido seria inevitável, e daria a ele a alegria malsã de sentir-se vingado. Você sofreria as conseqüências do auto-extermínio, sentindo dores acerbas no perispírito ou corpo astral, seja qual for o método utilizado para o desencarne antes do prazo. Além do mais, sempre haveria a possibilidade de trazer, gravadas em si mesma, por ocasião de nosso renascimento, as deficiências somáticas ou mentais decorrentes do ato suicida. Nunca poderia encontrar a paz que almeja, porque a vida não termina com a morte física. Prova disso é a presença do espírito de seu esposo, perseguindo-a... Tudo na vida tem solução. Algumas vezes, rápida, outras, só com o passar do tempo.

"Se sofres, entrega ao tempo
Ao tempo, que é um sábio mudo.
Entrega tudo ao tempo,
Que o tempo resolve tudo".

— Então, o que me aconselha?

— A solução é simples. Criança nasce em maternidade. Roupa suja, lava-se no tanque ou na lavanderia. Sapato roto vai para o sapateiro. Carro com defeito, para a oficina. Relógio quebrado, só relojoeiro dá jeito. Ora, problemas espirituais ou com desencarnados exigem que se procure um bom Centro Espírita. Lá, saberemos se se trata realmente daquele ser, que voltou para cobrar algo que se julga credor. Dentro da justiça das leis da vida sabemos que ele ou qualquer outro, não têm o direito de cobrar, porque ninguém passa por aquilo que não merece. Se se tratar de obsessão por parte de seu ex-marido, este possivelmente será doutrinado e acabará por entender que não tem necessidade de "perdoar" porque não foi "ofendido" por você. Quem o bem ou o mal faz, a si mesmo o faz. Com o tempo procurará novos rumos, entendendo que aquele fato doloroso foi merecido por ele, e que você foi apenas a agente, ou em outras palavras, um instrumento para que a lei se cumprisse. E já é uma "relativa vantagem" para ele, deixá-la com uma dívida circunscrita em si mesma e não para com ele.

— Compreendo. Mas se eu pudesse, desde já, iniciaria o pagamento da dívida que contraí...

— E pode. Entenda que uma ação anti-vital, uma agressão ou destruição de forma de vida, compensa-se com uma contra-ação vital ou de construção. Poderá dedicar-se a pessoas que estejam em risco de vida, às crianças abandonadas, aos velhos desvalidos, àqueles que precisam tanto de uma palavra amiga. Assim, fará uma compensação em si mesma. Não haverá necessidade de morrer envenenada em uma próxima existência. Na Vida, ninguém paga a ninguém. Estamos sempre adquirindo, através de erros e acertos, todo o conhecimento de que necessitamos. Atendendo às necessidades de um órfão, você estará conquistando a gratidão da genitora daquele ser, que a amparará do plano espiritual, em retribuição a sua generosidade para com o filho que ficou em desamparo. Esta mãe poderá interceder por sua paz junto ao espírito de seu ex-marido. Amor com amor se paga. Vá em paz e bom ânimo. Ficarei vibrando por você, para que não esmoreça nos serviços do bem e encontre a paz desejada...

Esta senhora é hoje uma grande benemérita, abençoada por muitos e indispensável na comunidade em que vive.

"Deus escreve certo por linhas tortas". Caso não tivesse provocado aqueles tristes acontecimentos, talvez ela fosse uma fútil dama da "soçaite". Não chegou a ser uma "Madalena", mas passou bem perto...

Outro caso, teve como protagonistas: Claudionor Barroso e Protásio Casanova. Os dois eram compadres, vizinhos e operários da construção civil. Companheiros de pobreza, alegrias e tristezas.

A esposa de Protásio era um "mastodonte". A cada filho que dava à luz, seu ventre murchava, mas o restante do corpo parecia estar numa gestação constante. Já a esposa do Claudionor, embora também tivesse um filho por ano, seu corpo não se deformava. Isto fez com que Protásio, homem de nível de evolução ainda instintivo, incidisse no pecado proibido pelo 9º mandamento da Lei de Deus: começou a desejar a mulher do próximo, por sinal muito próximo, logo do amigo Claudionor.

Emerenciana, a mulher do Claudionor, não era lá esse "poço de virtudes", e naturalmente sentiu os olhares sensuais do compadre. E fosse pelo que fosse, mesmo para sair da rotina, acabou cedendo. Uma vez, mais outra, outra mais, e a imprudência fez com que o pedreiro Claudionor suspeitasse de "lesão" em seu patrimônio.

Decidiu acabar de vez com a "sociedade anônima". De temperamento frio e calculista, planejou cuidadosamente a melhor maneira de liquidar o compadre e amigo (da onça), sem deixar pistas.

Um dia, trabalhavam sobre o frágil andaime, no alto de uma construção, onde faziam o revestimento externo do edifício. Simulando um desequilíbrio, Claudionor projetou-se sobre Protásio Casanova. Este, surpreendido pelo impacto, projetou-se em linha reta, de acordo com a lei da gravitação, que atrai a matéria na razão direta da massa e em velocidade progressiva. Do alto, Claudionor gritava, fingindo estar pendurado em sólida trave. Laudo médico: "traumatismo generalizado em conseqüência de acidente de trabalho".

Emerenciana emagreceu de tanto chorar pela morte do compadre. A esposa de Protásio até engordou um pouco mais, e Claudionor ficou impune. Chegou a dizer, aparentemente traumatizado, que tentara segurar o companheiro e amigo, mas não teve força suficiente.

Não passou muito tempo e Claudionor procurava-me.

Queria que lhe fizesse um bom "trabalho" para afastar o fantasma do Protásio que lhe aparecia em sonhos, querendo agredi-lo.

— Mandei o maldito para o inferno! Como é que ele consegue voltar para atazanar minha vida? Traiu-me, e não me arrependo do que fiz. Se ele voltasse, empurrá-lo-ia novamente do andaime. Ensine-me a fazer um "despacho" para afastá-lo definitivamente.

E lá estava o Henrique com outro "abacaxi" nas mãos. Este, em atitude mental muito diferente daquela senhora que matou o marido. Que fazer? Que conselho dar para remediar a situação? Claudionor não queria entregar-se à justiça, não estava arrependido e muito menos confiava no auxílio dos amigos espirituais. Queria era prejudicar ainda mais o ex-amigo, vingar-se novamente, se fosse possível.

A situação era tragicômica. Neste caso, como em inúmeros outros, sou obrigado a guardar segredo. Em alguns minutos de concentração invoco "meus guias", especialmente em situações inusitadas, que requerem inspiração "extra".

Sabia que a solução ideal não seria absolutamente seguida. Resolvi tentar um paliativo, o que fiz, com alguma encenação:

— Claudionor, meu amigo, "Pai Quenguelê", está enviando um recado muito sério prá você: "Tu vai fazê um dispacho, mas não na **encruza**, sinão cê vai cumê capim pela raiz, logo, logo. Santo gosta di cumida, e tu vai dá cumida prá santo apagá tua **quizumba.** Tu vai tê qui dá, toda sexta-feira, cumida pros fio de Protaso. O santo vai cumê na boca dos fio dele. Tu faiz isso, sinão vai morrê com muita dô..."

Diante de mim, Claudionor com os olhos esbugalhados, acreditou que "Pai Quenguelê" incorporara-se a mim. Às vezes, uma piedosa mentira encobre pecados... E tanto é verdade, que Claudionor cumpriu a determinação. Aos poucos doutrinei-o sutilmente, e sem mesmo que ele percebesse, apresentou sensível melhora. "Pai Quenguelê" não resolveu integralmente o problema, mas amenizou a condição de revolta de Claudionor, fez com que os filhos de Protásio se alimentassem melhor, ao menos uma vez por semana, fato este que deve ter contribuído para aplacar, em parte, a ira do espírito que fora assassinado.

Enfim, houve uma trégua. Deixei a sentença final aos órgãos competentes. Mas fica a pergunta no ar:

O crime compensa? Há crime perfeito?

Não gosto de "achar", mas agora ACHO QUE NÃO!...

O guerreiro e o espaço-tempo

conto metafísico

Não era a primeira vez que Igor se defrontava com aquele estranho adversário. Ele sempre aparecia ao término das longas e inúmeras vidas que já vivera. Psicologicamente, Igor era um espírito belicoso. Isolava-se muitas vezes, não por mística religiosidade, mas para reviver antigos personagens que povoavam seu mundo interior.

Das sombras de suas reminiscências emergia a lendária figura de Átila, o grande bárbaro, rei dos Hunos, que com suas hordas, tudo levava de roldão. No silêncio de suas meditações, seus lábios chegavam a pronunciar a famosa frase que ficou gravada na história: “Onde as patas do meu cavalo pisam, nem grama nasce... ”

Sentia-se quase feliz pelo cognome que recebera: “o açoite de Deus”. Lastimava não ter destruido Roma quando esteve ao seu alcance.

Recuava ao ano 458. Via-se, como agora, diante dessa figura que o desafiava sem armas. Precisava vencê-la, atingi-la. Estaria delirando, ainda sob o efeito dos excessos de bebida no seu casamento com Ildegunda? Realidade ou fantasia, não importava. Era necessário destruí-la. Desembainhou a espada e desferiu violento golpe. Mas o **tempo** foi mais rápido e recuou no **espaço**...

O esforço fora demasiado e Átila caiu com sua espada. Algo rompera-se dentro dele e o sangue surgiu em golfadas pela boca. Sentiu a proximidade da morte e, num último esforço, olhou fixamente para o silencioso personagem que lhe sorria triste... Pouco a pouco, tudo desapareceu...

Igor revivia, agora, outro famoso guerreiro: Aníbal, o grande chefe cartaginês, filho de Amilcar Barca. Num lapso de tempo, reviu sua campanha através da Espanha, sul da França, a travessia dos Alpes com seus elefantes e as contínuas vitórias na Itália. Não atacara Roma por falta de recursos que pedira a Cartago. Por isso, parara em Cápua. Reviu a manobra dos romanos atacando sua cidade e obrigando-o a voltar para uma sociedade embriagada no ócio e na riqueza, muito diferente da que deixara ao partir. Reviu, também, sua desvantagem ante Cipião e a fuga para Bitínia, onde pressentindo a traição, preferiu suicidar-se a ser levado como prisioneiro. Naquela hora extrema, lá estava o último contendor... Sentiu ódio, desejou atingi-lo mortalmente. Precisava fazer desaparecer aquele guerreiro fantasma, que aparecia por último. Novamente usou a espada, e mais uma vez, ela cortou o espaço vazio dentro do qual o tempo se afastava.

Recuou muito, muito tempo. Via-se, então, na personalidade de Leônidas, famoso rei de Esparta, que com seus trezentos legionários, defendia os desfiladeiros das Termópilas, há quatrocentos e oitenta anos antes de Cristo. Sentia-se já vitorioso por impedir a passagem do gigantesco exército persa, enquanto Esparta levantava suas defesas. Lutara como um bravo. Mas, lentamente seus guerreiros eram dizimados. Finalmente, restou um reduzido punhado de homens valentes sob a chuva incessante de lanças e flechas. Era o fim...

Lembrava-se de ter sido lá que avistara pela primeira vez, o vulto do **espaço-tempo.** No fragor da luta em que se empenhava, tomou-o por um persa e investiu contra ele. Mas a estranha figura não lhe deu **tempo** nem **espaço**. Aturdido com aquela visão, nem se deu conta da lança que o atravessou. Não sentiu a morte, mas percebeu que havia "alguém" que teria que vencer, embora não soubesse onde ou como.

Enlevava-se, agora, com a figura de Alarico, o rei visigodo. Como Aníbal, Alarico sempre detestara Roma e o que ela representava. Revivia, em êxtase, as duas campanhas na Itália, sobretudo quando arrasara a orgulhosa Roma, entre 401 e 403 de nossa era. Varrera toda a Itália até o sul, destruindo templos, saqueando tudo quanto representasse valor. Morreu em 410, quando se preparava para invadir a África. E o fantasma sem armas do **espaço-tempo** lá estava em sua derradeira hora. Que significava aquela presença? Por que a figura o contemplava entre desafiante e compassiva? Não era, ele, um autêntico herói humano, que tudo vencera, sem jamais conhecer uma derrota?

Julgou que estivesse frente a frente com mais um inimigo e desejou vencê-lo. Usou a espada, e novamente nada conseguiu. O **tempo** utilizava o **espaço** como arma. E recuando, impossibilitava o ataque. O esforço final fora inútil...

Igor meditava em tantas vidas plenas de lutas. Não possuía sensibilidade alguma para com templos, religiões, círios, altares, orações, músicas sacras. Pelo contrário, tudo isso deixava-o incrivelmente irritado. Nenhum dos livros considerados "sagrados" causava-lhe qualquer emoção. Conhecer Cristo, Buda, Maomé, Confúcio, Lao-tse servia apenas para enriquecer seu patrimônio cultural. Algo em seu íntimo dizia que, nos tempos atuais, as grandes verdades, as leis da vida, que tão bem conhecia, nada mais eram do que sua antiga espada, com a qual continuava vivendo e combatendo. Comprazia-se com debates, que eram para ele seus novos campos de batalhas. Esgrimia com incrível habilidade o conhecimento que o monismo lhe propiciava e regozijava-se com o adversário a seus pés, vencido pela espada de seus conhecimentos. Nao tinha ética, nem compaixão. Falava no determinismo das leis movidas pelo livre-arbítrio, consciente ou não. Sentia-se, por vezes, uma fera justiceira sem qualquer concessão à misericórdia... Misericórdia, para ele, era o apelo lamentoso dos fracos e inúteis. Livre arbítrio e determinismo coexistem, mas jamais a justiça pode fazer concessões à misericórdia. A última prostituiria a primeira. Na vida, dizia, não há lugar para misericórdia...

Cristo não dissera: "Quem com ferro fere, com ferro será ferido"? Onde a misericórdia? Numa anestesia? Injustiça seria se a intervenção indevida de uma misericórdia espúria, livrasse o torturador que hoje sadicamente queima, fere, mutila e mata, de uma futura colheita dos frutos dessa sementeira. Que se auxiliasse, sim, o sofredor de hoje, tendo em vista que num amanhã próximo ou remoto, por justiça — e não por misericórdia — em um quadro de sofrimento semelhante, também fosse ajudado.

Igor pressentia o final de mais uma jornada. Para ele, afigurava-se como um campo de batalha por onde passara vitorioso inúmeras vezes. A vida, como uma escola de guerra, ensina a arte da luta, a conquista de conhecimentos e a vitória sobre as cidadelas da ignorância. Passava em revista sua vida assombrado com o muito que construíra, embora reconhecesse o muito que destruíra. Sabia que, às vezes, comportava-se como um trator de lâmina baixa. Abrira caminho alheando-se aos estragos de tudo que se lhe opunha resistência. Importava passar, não o preço das conseqüências. Primeiro fazia, depois explicava. Se a explicação não convencesse, o que pretendia executar já estava feito. Não era mau, mas sabia ser implacável. Deixara-se usar, mas também havia se utilizado de pessoas e coisas. Sabia ter sido muito amado. Amara?... Doara-se sem medida. Talvez fosse amor... Nunca se preocupou com o retorno das doações que fizera de si mesmo, e isso, inúmeras vezes complicou sua vida. Mas todas as vidas são complicadas por algo que diz respeito a cada um. Complicação é mercadoria barata e infalível no mercado da vida...

Novamente Igor pressentia o término de mais uma jornada. Porque lá estava diante dele a persistente figura do **espaço-tempo**. Desta vez, tão perto, que poderia tocá-lo. A espada de Igor agora era outra, mais longa e afiada, e não poderia ser brandida com o braço. O espaço-tempo olhava-o num misto de amor e inflexibilidade. O guerreiro de tantas lutas observava-o e sentia, ainda, um secreto desejo de destruí-lo. Talvez pudesse vencê-lo, tão próximo estava. O visitante da última hora assemelhava-se a uma esfinge, desafiando-o: "Decifra-me ou devoro-te". O enigmático ser permanecia estático e o guerreiro lutava dentro de si. O atavismo das guerras, das infinitas lutas, o peso do imenso cansaço... e o ideal de paz acenando com a perspectiva de repouso.

Lentamente desembainhou sua nova espada, agora de um material mais sutil. Tinha certeza de que, com esta, poderia atingir o desafiante milenário. Por que não o golpeava? Não esperara tanto tempo, não vencera tantos espaços para tão desejado momento? A figura estranha magnetizava-o. Mas Igor devia aproveitar o resto de suas forças se quisesse fazer algo. Percebeu que a esfinge iria falar. Paralisado, ouviu:

"— Igor, Igor, eu te acompanho como uma sombra em todos os espaços em que estivestes, em todos os tempos percorridos. Nunca imaginastes que eu era parte integrante de ti. Somos indissolúveis nas dimensões que tens estado. Nesta, agora, para ti e para todos, sou invencível. Nenhuma arma pode atingir-me ou destruir-me. Estás bem próximo da vitória final, que tanto buscas, a vitória das vitórias! Mas não a conseguirás partindo da agressão. Nunca usei contra ti outra arma que não fosse o recuo do meu aliado, o espaço. Queres vencer-me? ABRAÇA-ME! E sentirás que estou contigo, porque teus braços circundarão teu próprio corpo. Passarás, então, por mim e ganharás outra dimensão, onde eu não existo. Teu abraço será um ato de amor, não de guerra. Será uma vitória contra ti mesmo, e não sobre os outros. Tuas glórias humanas foram sepultadas por mim, o espaço-tempo. São inúteis, agora. Foram degraus de uma escada para chegares onde estás. Voltarás novamente, porque este prolongado abraço exige uma encarnação inteira...

Semearás amor e paz pelos campos onde semeastes a dor, o desespero e a morte. Ao fim da jornada verás não mais a minha figura ou a tua, mas conservarás a individualidade no mar da integração cósmica. Consoante o ensino maior, o Universo e ti serão UM!"

Aturdido, Igor sentiu o corpo pesado. A nova espada tornava-se ridícula perante alguém que não queria lutar. Fincou--a no chão e apoiou-se nela. Seu fim estava próximo. Foi caindo lentamente, buscando o apoio da espada, que só para isso servia... A esfinge do espaço-tempo olhava, agora, com lágrimas nos olhos, o corpo inerte do guerreiro...

E o Sol, em seu derradeiro fulgor no horizonte daquela tarde, passando pela espada de Igor, projetava sobre seu corpo uma sombra com a figura enigmática de uma cruz...

Plácido Terrível

Dona Maria Antonieta, esposa do senhor Luís Franco, esperava seu segundo filho. O casal residia em vila situada na periferia de grande cidade, pertencente a um país que não vem ao caso citar. Naquela vila distante, os recursos do progresso da ciência não chegavam com facilidade, razão pela qual, desde o início de sua gravidez, dona Maria era assistida por uma parteira prática, Dulcinéia Del Tobozo, espanhola de nascimento, mas há muito radicada naquele país. Na vila todos se conheciam e partilhavam alegrias, esperanças e dificuldades.

A gestação de dona Maria, desta vez, não estava dentro dos padrões considerados normais pela parteira Dulcinéia. Desde os dois meses de gestação a futura criança mexia-se constante e violentamente no ventre da mãe. Parecia, mesmo, um acrobata em formação. Os meses de espera causaram grande sofrimento à pobre dona Maria. Para surpresa de Dulcinéia, que ao longo de sua vida jamais presenciara caso semelhante, nasceu um garoto de sete meses muito mais forte do que os que completam os nove meses regulamentares. Foi um tumulto na vizinhança, comentários fervilhavam, ainda mais porque o garoto nascera com dois dentes, aviso antecipado do fato que realmente aconteceu: não queria saber de leite ou mingau; desejava algo mais sólido como alimento desde os primeiros dias de vida. Olhos bem abertos, "vivo" como ele só, berrava o quanto podia e tudo quanto tinha direito...

— Não estou gostando disso, declarou a parteira. Este menino vai dar muito trabalho. Só filho "da peste" nasce com dentes. Dona Maria, ponha nele um nome que o amanse, senão...

Dona Maria, apreensiva, pensou colocar no filho o nome de Jesus, mas recuou em seu intento ante a ponderação do marido, católico praticante. Ele achava que este nome era sagrado e não deveria ser posto em alguém que prenunciava ser mais filho do diabo do que de Deus. Concordaram, pois, que Plácido seria o nome ideal, porque sugeria calma.

Aos seis meses, Plácido já falava o suficiente para dizer o que queria, e aos dez, fazia discurso. Tudo, com ele, acontecia mais rápido. Andou aos cinco meses, e ao completar um ano, já distribuía ponta-pés em quem não lhe caísse em simpatia. Era o pavor da vizinhança e fonte de contínuos aborrecimentos para seus pais. Foi surrado de todas as maneiras possíveis, mas nunca se emendava. A pancadaria era, na verdade, estímulo para novas e requintadas tramas. E dito seja de passagem, batia muito também. Forte como um touro, adorava brigas. Questionava tudo numa ânsia incontida de saber e formulava perguntas que entortavam o raciocínio dos adultos. Tomava decisões e não deixava de executá-las, custasse o que custasse.

Um dia, puxou o rabo de um gato, que o arranhou em legítima defesa. Passou a odiar a todos os felinos.

Meditando, certa vez, ocorreu-lhe perguntar à professora, que o temia também:

— Professora, por que gato tem rabo? O macaco tem rabo para segurar-se nele. O pavão, para mostrar sua beleza. O cachorro, para demonstrar alegria, abanando-o. O boi, para espantar as moscas. O homem não tem rabo e vive muito bem sem ele. Por que é que gato tem rabo?

— Pai, por que gato tem rabo?

Como ninguém lhe desse explicação convincente sobre a utilidade do rabo de gato, tomou uma decisão: cortaria o rabo de todos os que lhe caíssem ao alcance das mãos. Uma vez que poderiam viver sem os respectivos rabos, concluiu que estes eram inteiramente inúteis. E ele faria uma coleção de rabos de gatos.

Da idéia, passou à ação. A mãe possuía um cutelo para corte de carnes e ossos com tutano para a sopa diária; este era o instrumento utilizado por Plácido. Num só golpe, lá ia o gato desfalcado de seu apêndice caudal. Tanto fez, que a vila acabou ficando famosa até no exterior, conhecida como "a vila dos gatos sem rabo". Os amputados jamais se aproximavam novamente de Plácido; os que ainda não tinham sido operados mantinham conveniente distância, mas ainda assim a coleção de rabos aumentava cada vez mais...

Assim que atingiu a idade suficiente, os pais decidiram colocá-lo em um colégio militar, onde a férrea disciplina talvez conseguisse corrigi-lo. Adaptou-se provisoriamente, enquanto planejava o futuro, sonhando com uma patente maior, e aguardando ocasião propícia para exteriorizar os impulsos contidos pela disciplina.

Passou o tempo, muito tempo... A vila em repouso. Mas no âmago de Plácido um vulcão fumegava, prestes a explodir...

Escalou todos os postos militares com brilhantismo, e ei-lo no ápice da carreira como marechal!

Por razões que só a Vida pode explicar, o país subdesenvolvido em que Plácido nascera, estava mergulhado em desordens que as "misérias" da pobreza e da riqueza concentradas produzem: fome, desemprego, mordomias, corrupções generalizadas.

O caos iminente fez com que Plácido, com o argumento da força, desse um golpe de Estado, tornando-se presidente.

Dulcinéia Del Tobozo, a parteira espanhola, já velhinha, quando soube, comentou:

— Não estou gostando disso. Vou voltar para o meu país enquanto é tempo. O diabo tomou as rédeas...

E lá se foi, na primeira condução que conseguiu.

Marechal Plácido não tardou a estabelecer seu plano de metas para o governo. Estava decidido a consertar o país no jeito e "no peito", muito mais neste, do que naquele. Como não gostasse de parlamentar fechou o Senado e a Câmara dos Deputados no plano federal, e as entidades congêneres estaduais e municipais. Mandou todos para o olho da rua, inclusive os "trens da alegria" que apinhavam ociosamente corredores e ante-salas dos edifícios governamentais. Conseguiu brutal economia, aumentada pela dispensa de dois terços do funcionalismo público federal, estadual, municipal e das estatais. Aproximadamente cinco milhões de pensionistas ociosos altamente remunerados, antes intitulados "funcionários", foram obrigados a procurar trabalho, e não emprego, como estavam acostumados. Somente com estas medidas ficou solucionado o problema da dívida externa. Passou a haver "superavit", e as taxas de impostos foram reduzidas.

No expurgo dos funcionários públicos, teve a precaução de começar por cima, pelos assistentes de diretoria ou assistentes técnicos, sem funções definidas, e que de técnicos não tinham nada. Apenas eram aparentados dos políticos ou seus cabos eleitorais. Não dispensou atendente ou servente. E com a economia que obteve retirando os que ganhavam muito sem nada fazer, empregou maior número de pessoas que ganham trabalhando.

Propunha suas decisões submetendo-as a um restrito ministério, com não mais de dez membros, para evitar o empreguismo ministerial.

Colocou à venda a maioria dos edifícios públicos, agora inúteis, e obteve outra excelente fonte de renda para o Estado, sem sacrificar o contribuinte.

Amado e respeitado pelo povo que aplaudia suas decisões, no entanto, inimigos secretos surgiam entre os eternos sanguessugas do Estado.

Diante do sério problema da AIDS, a Síndrome da Imuno Deficiência Adquirida e as estatísticas da ONU configurando os homossexuais como principais geradores e disseminadores desta enfermidade, decidiu tomar uma drástica medida saneadora. Ordenou que detivessem toda a hierarquia homossexual, ou seja: os pederastas, os travestis, os "gays", as bonecas, as dondocas, etc. etc. Foram todos levados a uma ilha afastada cerca de mil e duzentos quilômetros da costa, e lá abandonados sem água e alimento. Resultado: a fome degenerou em canibalismo, uns comiam os outros. Finalmente o último comeu o penúltimo, tendo depois morrido de inanição, uma vez que nada mais havia como alimento. A medida revelou ser cem por cento eficaz: erradicou-se o problema da AIDS e a degradação moral e física deixou de existir naquele país.

Idêntico tratamento coube aos traficantes e toxicômanos, só que foram levados para outra ilha distante.

Naturalmente tal decisão provocou a revolta de elementos ligados por consangüinidade ou outros interesses aos banidos, mas ao Marechal Plácido isto pouco importava. Recebeu maior número de aplausos de pais que puderam respirar aliviados, vendo seus filhos livres da prostituição e degradação moral do vício do tóxico.

Acabou com os sindicatos e com todos os que se valem dos trabalhadores para aparecerem e subirem na vida. Não havia mais necessidade deles, porque a justiça social não permitiria diferenças ou privilégios de classes. Todos, sem exceção: camponeses, operários de construção civil, funcionários públicos de qualquer escalão, médicos, advogados, engenheiros, motoristas, cozinheiras, etc. deveriam cumprir jornada de quarenta horas semanais de trabalho. Nada de uns trabalharem trinta horas e outros, quarenta e oito, uns trabalharem aos sábados e outros não. Nada de muitos feriados encadeados, que estimulam a malandragem. Só abriu exceção para o Carnaval, que de três dias e quatro noites passou a ser comemorado em sete dias completos. Aí sim, o país parava em homenagem ao Rei Momo. Os feriados anuais ficaram reduzidos aos seguintes: dia do Trabalho e da Independência do país e mais a semana carnavalesca. Feriado religioso, nenhum, considerando a diversidade de seitas; se atendesse a uma teria que atender a todas, e não sobrariam dias úteis durante o ano. A produção cairia, com reflexos negativos sobre a economia.

Marechal Plácido, patriota autêntico, não empregara nenhum familiar e recebia o mesmo ordenado que seus colegas de farda e os civis. Conseguiu que o custo de vida baixasse e a inflação zerou sem decretos.

Estava orgulhoso e feliz. Consertara, finalmente, a nação!

As antigas embarcações, quando roídas, esburacadas começavam a afundar. Dizia-se que os ratos responsáveis pelos estragos eram os primeiros a abandoná-las. Os "ratos" do antigo regime deposto pelo Marechal Plácido também foram os primeiros a deixar o país, que antes haviam levado à desordem total.

De um país vizinho que os acolheu, instigavam populares acenando com a falsa bandeira da "liberdade democrática" ou do "regime constitucional". Praticavam atos terroristas, insidiosas pressões, na tentativa de, com apoio estrangeiro, conseguirem invadir o país da paz, da ordem e da tranqüilidade.

E certo dia, um grupo de fanáticos organizou uma emboscada, levando à morte o Marechal Plácido. Ele, que de rebelde infantil, tornara-se rebelde contra a pusilanimidade geral...

Voltariam os corruptos, os homossexuais, os traficantes de tóxicos, as mordomias, o crime organizado.

Plácido, o idealista morrera. Nada mais poderia fazer pelo seu país. Tivera coragem, boa vontade e apoio da maioria, mas não conseguira contentar a todos; e alguns ingratos e insatisfeitos voltaram-se contra ele e atingiram-no mortalmente.

Outro que tomasse o seu lugar, se houvesse alguém com coragem suficiente...

A vida terrena terminara. Devia subir ao céu, e assim o fez. As portas do paraíso abriram-se para recebê-lo. Inicialmente teve que passar pelo "corredor polonês" dos gatos sem rabo, que o arranhavam com afiadas garras fluídicas.

Mais adiante deparou-se com a multidão dos antigos traficantes e homossexuais. Lembrou-se do sofrimento que impusera a eles e o remorso embargou-lhe a garganta. Surpreendentemente, porém, notou que estavam agora redimidos, reequilibrados em suas funções genésicas, pelo muito que sofreram. Alguns acenavam-lhe amistosamente, outros cantavam hosanas ao Senhor em intenção de sua alma.

Ao término do extenso corredor, Jesus esperava-o de braços abertos:

— Meu filho não se entristeça! Eu amei a todos e desejei o melhor a eles... veja o que me fizeram! Ingratos, também não compreenderam suas boas intenções e o liqüidaram.

— Minha mãe quase me batizou com o Seu nome...

— Aí seria exagero. Objetivamos o mesmo fim, mas os métodos foram basicamente diferentes. Eu utilizei muito mais o recurso do pão, e você, do pau...

— Mas obtive algum resultado, não é mesmo?

— Claro, querido Plácido. Quer queiramos ou não, sempre estaremos a serviço do bem, nas tarefas impostas pelas leis da Vida, que é o que o vulgo chama de Deus. Por falar nele, há muito tempo chamou-me e disse: "Filho Amado, vá a Terra e ensine àquela gente o Evangelho do Amor. Se for preciso, exemplifique o amor até na hora de sua morte". Fui. Adiantou? Até no país que você governou, e que diziam ser a "Pátria do Evangelho", meus ensinamentos foram e são lecionados, mas muito pouco exemplificados, justamente por aqueles que mais o pregam. Falei a voz do Amor e ninguém entendeu, por isso não atenderam. Deus, então, dirigiu-se a um missionário chamado Allan Kardec e pediu-lhe: "Vá, filho querido, e deixe na Terra o Evangelho da Razão. Será auxiliado por amigos do plano espiritual. Fale a voz da Razão, pelas vias da Ciência e do bom senso".

Jesus fez um pausa. Depois comentou:

— Adiantou? Os homens não entenderam a voz da Razão e do mesmo modo, não atenderam. Então, Deus mandou você...

— Não me lembro, ao reencarnar, de ter ouvido a voz de

Deus designando-me para alguma missão, disse Plácido, agora "menos" terrível...

— Claro, nem precisou. O Senhor da Vida, com Sua Infinita Sabedoria, conhecia-o profundamente e sabia do que você seria capaz, se lhe fossem dadas condições de poder e força. Simplesmente tratou de abrir-lhe os caminhos a fim de que executasse a tarefa da terceira voz, a que todos entendem e por isso é atendida prontamente. A voz da Dor, que também é a presença de Deus entre os homens. Como se pôde constatar, o que eu e Kardec não conseguimos, você foi capaz de realizar: colocou muita gente "nos eixos".

Plácido riu, Jesus sorriu e já ia se despedindo dele, quando Plácido (agora com relativa luminosidade inerente aos seres que se esforçam no cumprimento dos deveres) chamou-o para uma última perguntinha.

Jesus, meigo e compassivo, acariciou os cabelos revoltos de Plácido e adivinhou:

— Já sei, sou telepata. É sobre a sua antiga dúvida. Você quer saber o que até hoje ninguém conseguiu lhe explicar: por que gato tem rabo.

— Exatamente. Disso depende minha tranqüilidade, porque cortei inúmeros rabos de gatos durante a minha vida.

— Calma, meu filho. Você nem imagina a confusão que isto provocou no plano espiritual. Eu também não sabia e continuo não sabendo. Consultamos a lendária sabedoria de Confúcio, de Buda, de Maomé, de Zoroastro, dos profetas hebreus; compulsamos enciclopédias e chegamos à conclusão de que ninguém tinha uma resposta plausível a sua perguntinha. Assim, encaminhei um ofício ao governador do nosso sistema sideral, que mora no Sol. Depois de um longo tempo veio a resposta: que ele e os que lá habitam também não sabiam, e aproveitava a oportunidade para avisar que estavam encaminhando a questão ao governador do sistema galático. Você sabe, as distâncias são imensas e o correio leva muito tempo a chegar. O fato é que a resposta ainda não veio.

— Será que danifiquei a natureza cortando o rabo dos

gatos? Ou será que contribui, no panorama evolutivo, para a melhoria da espécie?

— Isso, só quando a resposta vier é que poderemos saber. No entanto, desconfio que o Cometa de Halley, que os cientistas diziam que deveria passar bem próximo da Terra, tratou de afastar-se o mais que pôde, com receio de ser confundido com um gato e assim ter a cauda cortada por você. E agora, não me amole mais...

Plácido, então, despediu-se e caminhou lentamente para determinado local que lhe fora designado.

Interessante notar, que a barra de sua vestimenta, à proporção que ele se afastava, assemelhava-se a uma luminosa cauda de gato...

Nero, o fotógrafo

"Beautiful", era o nome do estúdio montado por Nero para ganhar honestamente a vida.

As instalações modestas e a aparelhagem simples eram compensadas pela extrema habilidade do fotógrafo, que fazia verdadeiros malabarismos no retoque dos negativos e na câmara escura de revelação de filmes.

Com incrível arte sempre conseguia realizar o desejo secreto de todo ser humano: aparentar aquilo que não é.

Paciente, Nero em nada lembrava seu famoso xará, o famigerado imperador romano. Espiritualizado, conhecedor das fraquezas humanas, era um verdadeiro filósofo. Por isso, tratava de embelezar as fotos transformando em "gramas" as toneladas de feiúra que proliferam no mundo.

Nos trabalhos de retoque, Nero precisava ser paciente ao extremo. No negativo, o que é branco aparece em preto, e vice-versa. Em geral, na hora de fotografar, as rugas ficam sombreadas, e por isso, no negativo aparecem como vincos claros. Nero, sabendo que todos gostam de parecer mais jovens do que são, e jovem não tem rugas no rosto, tratava de retocar os vincos claros do negativo, cobrindo-os com lápis apropriado para que a cópia saísse como se tivessem feito uma perfeita cirurgia plástica.

Ficava feliz e sentia-se recompensado em seus esforços quando na entrega das fotografias, verificava a satisfação estampada no rosto do cliente. Isto, com freqüência, era motivo para pedido de maior quantidade de cópias.

Nero era muito mais cirurgião plástico do que fotógrafo, tais eram os milagres que conseguia fazer para melhorar a aparência dos que o procuravam, tanto homens como mulheres. Vejamos alguns:

Se o cliente fosse gordo, com aquelas papadas que parecem dois ou três queixos em cascata, ele sugeria que na pose, projetasse o rosto para a frente, a fim de que o pescoço ficasse bem esticado. Se o "dito cujo" fosse magro, a retração do queixo era fundamental para que a cabeça não ficasse parecendo uma azeitona espetada num palito.

Se fosse de pele escura, jogava luz bem próximo para clarear. E se tivesse a pele esbranquiçada como um anêmico, diminuia a iluminação para que parecesse mais moreno.

Alguns tinham a face escura devido a barba cerrada. Mesmo que escanhoassem cuidadosamente o rosto, na fotografia saíam com um desagradável sombreado que aparentava sujeira. Para estes, um pouco de talco resolvia o problema. Para os "caveirinhas", aqueles de rosto encovado, o fotógrafo sugeria que introduzissem duas bolas de gude na boca, uma para cada bochecha. Compensava no ato, o que o metabolismo do magricela não era capaz de fazer.

Carecas exigiam cuidado especial. Pouca luminosidade para não brilhar em exagero, à semelhança de queijo "tipo reino".

Para um velhote com bigodes de foca, muito brancos, contrastando com os cabelos tingidos, nosso fotógrafo teve que lançar mão de tinta nanquim para igualar a "vassourinha do respirador" com o cabelo do cliente.

Maior trabalho davam as mulheres. Em relação às garotas, era mais fácil, pois a melhor maquilagem não substitui a juventude. Mas quando Nero via adentrar ao estúdio uma delas, na base dos "enta" logo punha em funcionamento sua imaginação criativa, tendo em vista o malabarismo que teria de fazer com a iluminação, posicionamento, angulagem, revelação, corte no ampliador e tudo o mais para fazer a "coroa" feliz.

Nero, o filósofo, chegara à conclusão de que "ninguém está satisfeito com o rosto que tem". Com alguma habilidade adquirida e um toque de arte, tirava partido de sua "descoberta" em proveito próprio e para alegria de todos.

Mas para tudo há limites. Em certos casos, nem cirurgia plástica, retoques, cremes ou técnicas fotográficas conseguem transformar um "maracujá de gaveta" em um "pêssego". Existem certos rostos tão enrugados como um maracujá que tenha ficado esquecido em um canto qualquer, ou como foles de sanfona, que esticam, mas não alisam. Há narizes, cujo formato lembram tomadas elétricas; os dois orifícios parecem servir de receptores de fios de aparelhos. Uma pessoa dessas deve evitar tomar chuva, pensava Nero. A água entrará pelo nariz, e ela poderá se afogar ou danificar "a tomada"!

Na fotografia do estrábico, não havia retoque capaz de colocar os olhos em alinhamento. Beiçola ou boca de siri, nem milagre ajeitava...

Os que possuíam orelhas de abano era aconselhados por Nero ao posicionamento em perfil. O resto ficava por conta dele, no retoque do negativo, a fim de eliminar a sombra que a orelha projetava sobre o rosto.

Certas pessoas desprovidas de dentes sem a devida recomposição da dentadura e cuja boca lembrava um pneu furado, também desejavam ser fotografadas por Nero. Para estas, ele fornecia tabletes de goma de mascar, tantos quanto fossem necessários (e naturalmente cobrados à parte) que deveriam permanecer na boca enquanto eram fotografadas. O efeito era notável!

Mas em alguns casos, se a aparência do rosto era ruim, a do corpo era pior ainda. Às vezes aparecia certo tipo de mulher que ele logo apelidava de "violão sem braço", e cuja aparência vigiava-lhe a virtude.

Fazer aparecer cintura numa gordalhuda ou cadeiras em uma "Olívia palito" era mais trabalho para o "psicólogo-filósofo" do que propriamente para o fotógrafo. Às magras, ele aconselhava fotografarem-se com vestido rodado e várias anáguas por baixo. Às gordas, mandava torcer o corpo, escondendo as sobras com o recurso de um pilar ou um jarrão de flores que chegasse até a cintura. Baixotas, ele corrigia com o corte no ampliador, e as muito altas, fotografava sentadas.

Sofria muito ao tirar retratos em grupo. No exato momento do "click" alguém movia a cabeça, olhava para baixo, e toca a tirar novamente. Foto perdida, e tempo também. Interessante era a pose da fotografia de casal, um de frente para o outro como se estivessem embevecidos. Tirada a foto, começavam as discussões entre os "pombinhos"...

As fotografias de crianças, então davam trabalho dobrado. Sempre irriquietas, prontas a abrir o "berrador" por qualquer motivo, e a mãezinha atrás da câmera fazendo macaquices para o filhinho sorrir e ficar parecido com bebê de propaganda.

Conciliar todos os detalhes em seu estúdio fotográfico para agradar a clientela era o drama de Nero, um desafio a sua criatividade. Ao término de cada dia de trabalho estava exausto, mas podia respirar tranqüilamente, na certeza do dever cumprido e de ter ganho honestamente seu sustento.

Sua fama crescia e em pouco tempo o estúdio "Beautiful" já prosperava a olhos vistos. A clientela fazia fila para ser fotografada. Assim, pensando num melhor atendimento a tantos que o procuravam, resolveu contratar um auxiliar.

Foi aí que aconteceu a tragédia! Certa moça de aproximadamente trinta anos, residente em cidadezinha do interior, viajou alguns quilômetros para ser fotografada pelo estúdio "Beautiful". A foto teria que ficar muito boa, pois tratava-se de um caso especialíssimo. Essa moça deixou de cortar os cabelos aos quinze anos, prometendo que quando conseguisse se casar, cortá-los-ia bem rentes para depositá-los ao pés da imagem de Nossa Senhora dos Milagres.

Entrou no estúdio com a imensa cabeleira que lhe chegava à altura dos joelhos. Dali, iria diretamente à cabeleireira mais próxima, pois chegara a hora do cumprimento da promessa. Assim, antes de cortar os cabelos decidiu guardar uma lembrança deles, deixando-se fotografar de costas, mas com o rosto voltado para a frente, onde os cabelos apareceriam em toda a sua extensão.

Nero não estava no estúdio e a moça foi atendida pelo empregado Tibério, um bom crioulo, mas um tanto distraído.

Em casos como o deste tipo de retrato, Nero avisaria que esperassem a revelação da foto, porque sempre é possível que aconteça algo inesperado. Tibério não teve esta precaução. Tirou a foto e a moça foi embora.

Na hora da revelação, Tibério esbarrou no interruptor de luz branca, que iluminando o recinto, velou todos os filmes.

E agora? Onde encontrar a tal moça? E se ela já tivesse cortado os cabelos?

E foi em pânico que Tibério viu aparecer, no dia seguinte, a jovem com o cabelo cortado "à Joãozinho", devidamente acompanhada pelo marido, à procura do retrato.

Tibério, sem saber como se explicar, apelou para a feitiçaria. Disse que Exu havia entrado na câmara escura e acendido a lâmpada, por saber que a tal foto fazia parte de promessa para a santa. Que não se zangasse, que em troca ele tiraria uma foto do casal sem cobrar nada.

A moça não se conformou com a desculpa esfarrapada. Disse que ia procurar a polícia. Então Tibério, cinicamente, saiu-se com esta:

— Para que procurar a polícia? A senhora não terá prejuízo nenhum. Deixe crescer os cabelos novamente e daqui a quinze anos faço outra foto...

Por isso é que Nero se recusava a fazer retratos de casamento. Se acontecesse algum imprevisto, como fotografar novamente? Como fazer com que os noivos, padrinhos e convidados voltassem ao cartório, à igreja ou ao clube onde o casamento seria festejado? Agruras de uma profissão...

Em outra ocasião, Nero foi procurado por um lusitano. Este, queria uma foto do pai que não via há muito tempo.

Estabeleceu-se o seguinte diálogo:

— Queria uma fotografia de meu pai...

— Pois não. Traga seu pai aqui e eu a farei.

— Acontece que meu pai "cá não está".

Nero lembrou-se dos trabalhos de reprodução e sugeriu:

— Traga-me então uma foto de seu pai; amplio-a, faço os devidos retoques, de tal forma que parecerá uma foto tirada "ao vivo".

— Mas eu "cá não a tenho", senão não precisaria de "um'outra".

Nero percebeu a ingenuidade do interlocutor. E ante a insistência dele, resolveu fazer uma brincadeira:

— Diga-me como é o seu pai. Anoto tudo e pela descrição que me fizer, prometo compor um retrato dele.

— Meu pai é baixinho, cabeludo, sobrancelhas grossas, fazendo uma ponte de um olho para o outro. "Urelhas" abertas, queixo grosso e olhos azuis. Nariz amassado e a boca quase "saem" lábios.

Nero ria e anotava. Cobrou bem pelo serviço e foi trabalhar na câmara escura. Com os negativos que possuía foi compondo de acordo com a descrição feita. Terminado o trabalho, a figura mais parecia um orangotango do que um ser humano.

No dia seguinte, o lusitano apareceu ansioso para ver o retrato. Tomou-o nas mãos, olhou-o fixamente e logo lágrimas desciam-lhe pelas faces.

Diante do fato inusitado, Nero indagou:

— Por que chora, amigo?

Com a voz entrecortada por soluços, ele respondeu:

— Coitadinho, como está mudado!...

Homens, relógios e horas

Deucalião Albuquerque Burlamaqui de Guimarães Lapertosa era filho de uma professora de filosofia, apaixonada pelos filósofos e pela mitologia grega. Em razão disso, todos os seus filhos, prole numerosa, receberam nomes da fabulosa história helênica.

Evidentemente, há certos nomes, que pelo seu tamanho, são verdadeiros palavrões, isto é, difíceis de serem usados no trato diário. Foi por isso que, um a um, os filhos daquela senhora foram recebendo apelidos caseiros ou em colégios e clubes que freqüentavam. Para simplificar, Deucalião ficou conhecido pelo final de seu nome: Leão.

Leão era o mais novo e herdou da mãe a influência que o tornaria um filósofo. Espiritualista, um tanto irônico, era também malicioso e irreverente. Observava os homens e logo catalogava-os por apelidos de acordo com alguma característica que fosse evidente em cada um. Em qualquer grupo reunido, sempre dava um jeito de alegrar o ambiente.

Às vezes, meditava e ria sozinho. Foi meditando, que um dia filosofou para seu irmão Xenofonte (o Fonte), que ele dizia não ser de água, mas de besteiras...

— Fonte, meu irmão, use para exercitar a inteligência que Deus lhe deu, e verifique se a humanidade não parece composta de horas em um gigantesco relógio. Você, por exemplo, deveria ser o Fonte Seis e Meia...

— Por que Seis e Meia?

— Você é o tipo característico dos dois ponteiros para baixo. Desanimado, pessimista, só vê o lado negativo da vida. Diante de um limão, por exemplo, não valorizaria as vitaminas, reclamaria que é azedo. Tudo, para você, não vale a pena. Seu paraíso é a cama, a rede. E o não fazer nada, o seu objetivo. Diante de uma linda mulher, aposto que nem imaginaria "os sonhos das mil e uma noites". Pensaria, ao contrário, na hipótese de ser traído, nas despesas que viriam, no que lhe seria exigido. Quando se diz que o céu é azul, você logo obtempera: nem sempre, existem dias nublados e tempestades. Diante de uma rosa, vê antes os espinhos, não sente o perfume e a beleza das formas e cores.

Fonte, num lampejo de inteligência, então retrucou:

— Pois você é o Leão Meio-Dia! Para você, tudo está bem. Se fica doente, aproveita o descanso da cama e a oportunidade que a situação propicia: lê, assiste televisão, distrai-se. Alegra-se com as visitas que recebe, não se queixa, não reclama de nada. Nunca duvida que curar-se-á em tempo recorde desafiando prescrições médicas e conselhos ponderados de amigos e familiares. Um dia poderá até se dar mal, mas no meio da maior encrenca, talvez aponte mil e uma vantagens da confusão...

— A vida, querido Fonte Seis e Meia, é muito boa, e sempre digna de ser vivida. Se Cristo afirmou que "a felicidade não é deste mundo", procuremos, ao menos, prolongar os momentos felizes que nos apareçam. Aliás, na opinião de um poeta, a felicidade, de certa forma existe, sim, mas não a gozamos porque sempre estamos onde ela não está, ou sempre a pomos onde não estamos. Além disso, negativismo, lamúrias, depressões, angústias, fantasias em nada melhoram o nosso viver e até podem agravar os males e piorar situações. "Tristezas não pagam dívidas". Evito endividar-me para não ter que parar na fossa triste em que a humanidade mergulha. Esqueçamo-nos um pouco de nós mesmos e olhemos para nossos irmãos. Tantos, e nenhum igual ao outro. Só a reencarnação explica isto: cada um é herdeiro de si mesmo, de seu passado. Ninguém lega a outro seus valores ou deficiências. Veja o nosso irmão, o Xarco (Anaxarco). Poderia ser chamado de Anarquia pelo seu esquerdismo radical. Pense em um relógio e leve os dois ponteiros para a esquerda, para as três e quinze. Este nosso irmão é o Xarco Três e Quinze!

Anaxarco era um revolucionário com nítida tendência terrorista. Para ele, Cristo foi um comunista, assim como Buda, Sócrates e Maomé. Por viverem de acordo com suas idéias, jamais se importaram com propriedades, riquezas, privilégios. Sempre foram amigos dos deserdados e viviam com sobriedade. Xarco Três e Quinze não acreditava na força da persuasão, mas na persuasão à força. Diante de tantas injustiças que via no mundo, desejava explodi-lo. Era também filósofo, porém materialista, chegado a Marx e a Haekel, este último, partidário de um monismo científico religioso. Tudo, para Xarco, deveria ser decidido pela "lei do cão". Capitalista deveria ser levado para "el paredón". Religião, só para velhinhos, trabalho para todos os válidos. Nada de impostos, mordomias, corrupções. Dizia: se uns trabalham trinta horas semanais, por que outros devem trabalhar quarenta e oito? Sua cor preferida era o vermelho simbolizando o sangue que deveria escorrer de todos os vagabundos, incluindo prostitutas, homossexuais, traficantes de tóxicos, assaltantes e bandidos.

Xarco Três e Quinze gostou da caricatura que lhe fizeram, bateu palmas e estava para adicionar algumas reivindicações quando apareceu por ali o Epicuro, conhecido por Pico, o qual, fazendo honras ao antigo grego que inspirou seu nome, gostava dos prazeres da vida, legais ou não. Comedor insaciável, tinha, em si, a fortuna de muitas calorias na abundância de gorduras que lhe adornavam o corpo. Pesava mais de cento e vinte quilos. Pertencia à Organização da Tradição, Família e Propriedade. Ultra-direitista, católico fervoroso, defendia o direito de propriedade como uma destinação divina. Racista, detestava quem não pertencesse à raça branca. Achava que a ciência deveria desenvolver pesquisas para determinar, ainda no ventre materno, se o nascituro seria um comunista, razão suficiente para abortá-lo.

Leão não perdeu a oportunidade:

— Você é o Pico Quinze para as Nove, tão à direita quer se posicionar. Contudo, suas idéias, negam o princípio ou fundamento religioso que diz possuir. Perante Deus, que é pai de todos, fascistas e comunistas, pretos e brancos, ocidentais e orientais, homens e mulheres, pobres e ricos, todos são absolutamente iguais!

— Esta é exatamente a minha opinião!

Quem assim se expressou foi o Cicuta, o mais velho dos irmãos, o qual fora batizado com o nome do filósofo Sócrates. O apelido, evidentemente, veio da maneira pela qual aquele filósofo foi condenado à morte.

Sócrates, o Cicuta, era o bom senso encarnado. Leão Meio Dia costumava dizer que ele era bem um relógio sem ponteiros, que marcava tudo sem as características dos outros. O apelido não poderia ser outro, dentro da temática relojoeira: Cicuta digital. Ele sintetizava tudo e, na divergência entre os irmãos, sempre "acertava os ponteiros e as horas" de todos.

O esquerdista Xarco Três e Quinze, bufou:

— Ainda serei um fratricida! Mato o Pico Quinze para as Nove! Imagine que elitista! Acha que a monarquia deve voltar e se julga merecedor de título de barão "de sangue azul". Ainda bem que, dia a dia, reinados e impérios vão entrando para o repertório das lendas...

Pico, provocado, revidou:

— Em minha opinião, o Diabo aproveitou-se de Caim para fazer a sua descendência de pretos, amarelos, mongóis, comunistas, anarquistas, positivistas e os pobres em geral. Como filhos dele, isto é, do Demônio, irão para a casa de seu criador, ou seja, o inferno, e nós, os outros, para o reino dos céus!

Xarco enfezou-se. Ia partir para a agressão ante a passividade do Fonte Seis e Meia e o otimismo do Leão Meio Dia. Este último, achando que da briga ou discussão nasce a luz, queria ver o recinto transformado no próprio Sol!

Foi aí que Sócrates, o Cicuta Digital, apelou para o Big Ben, um crioulo cuja mãe, mesmo sem conhecimentos elementares de pré-natal ou puericultura, gerou-o com uma saúde de ferro. Era tão forte como se fosse originário do cruzamento de uma locomotiva com um trator. O crioulo trabalhava como motorista da mãe de todos, "Juno", já que possuía um Olimpo em seu lar. Ele era Big por ser grande e Ben porque seu nome era Benjamin. O apelido, como os outros, foi imposto por Deucalião, o Leão Meio Dia e devidamente aceito pelo crioulo.

Convocado a interferir, Big Ben badalou a "zero-hora" encerrando, sem mais delongas, o concílio das horas, já que músculos não lhe faltavam para impor a ordem.

E viva a força, se ela traz a paz!...

Reencarnação e homossexualismo

No universo das teorias querem admitir a possibilidade de tudo, mas até aí há que haver um limite.

Não se pode justificar o homossexualismo pela troca de sexos no processo encarnatório. Isto seria atribuir à reencarnação, a responsabilidade pela degradação moral, perversão sexual e até a AIDS. Ou seja: que a Lei que visa a evolução seletiva por aprimoramento do ser humano, justamente produzisse resultado contrário ao objetivado. Se "pelos frutos se conhece a árvore", um fruto podre jamais poderia provir de uma árvore sadia.

A velha alegação: "o espírito não tem sexo" é válida. Mas o campo estruturador da forma, também chamado de perispírito ou corpo astral, TEM. Sabemos disso pelo testemunho da vidência e psicografia de médiuns que descrevem tanto a aparência no mundo espiritual com as vidas anteriores e posteriores do mesmo espírito, bem como seus males de hoje originários de um passado desvirtuado.

Para que determinada afirmação possa ser considerada como uma presumível verdade, a Codificação preceitua que há que haver uma certa generalidade e concordância nos pronunciamentos. E é o que podemos observar: afirmações e revelações atestam que as entidades conservam o mesmo sexo por infinitas encarnações.

Em resposta à pergunta se espírito tinha sexo, Kardec responde: "Não como o entendeis, porque o sexo depende de organização". Muito bem, mas quem "organiza"? O campo estruturador da forma, perispírito, corpo astral, forma da nossa forma ou o figurino que serve para modelar a roupa, no caso, nosso corpo carnal.

É batida e rebatida a tese que, o sexo no espírito, é uma questão de polaridade "norte" ou "sul" para uns, "positiva" e "negativa" para outros. **O que muito mal explicam é como dar-se-ia a INVERSÃO de polaridade num espírito, ou através de que mecanismos as linhas estruturais do campo invertem a tal polaridade**. E caem na mecânica insondável do **milagre**, que ninguém sabe explicar como é produzido.

E o que teria isso incialmente a ver com a estruturação do "campo" sobre o "somático"? Podem existir duas laranjas, uma com a polaridade atômica do que convencionamos chamar de "matéria", e outra laranja igualzinha à primeira, com polaridade atômica contrária, e que seria da "anti-matéria". As polaridades são diferentes, mas as formas e constituições orgânicas são as mesmas. Inversão de polaridade não muda as frutas, apenas não se poderia unir as duas laranjas citadas, porque elas anular-se-iam. Ouvi pessoas afirmarem que o perispírito é constituído de anti-matéria, sem explicarem como pode tal condicionamento construir um corpo de matéria.

Espírito não tem sexo, claro. Mas a troca de sexos nas reencarnações só é possível quando AS POLARIDADES DO ESPÍRITO, REFLETINDO-SE NO PERISPÍRITO ou campo estruturador da forma, aproximam-se do centro entre os extremos, porque estes sim, configuram características de "macho" e "fêmea". Os espíritos, por evolução, por desgaste de seu potencial animal em encarnações passadas, encarnam indiferentes às finalidades genésicas, para sublimação e enriquecimento de valores espirituais, em missões de amplo alcance social. A história da humanidade está repleta de exemplos de seres femininos e masculinos, que viveram indiferentes às exigências sexuais.

Por que não admitir que uma forma possa, em outra dimensão, conservar seu volume e constituição em tamanho, características macho e fêmea, deficiências e potencialidades, e comandar desenvolvimentos nesta nossa dimensão sem obrigatoriamente estar sujeita às leis da nossa dimensão física? E olhe que ao dizer "nossa" dimensão, estamos cometendo um pecado mortal sem absolvição em confissões ou penitências, porque quem fala é o espírito, e ele não pertence à dimensão física. Confusões muito naturais...

A troca de sexo de uma encarnação para outra em seres de pouca evolução produziria desajustes, e o ser não seria culpado. Devemos acabar com este conceito de que o espírito, no mundo espiritual, escolhe a vida que vai ter. Pois sim! A vida tem leis que independem da vontade dos homens, estejam na carne ou fora dela. A mecânica e a dinâmica dessas leis, que **é o Deus que temos que respeitar**, impõem sua vontade através da causa e efeito, da ação e reação, do determinismo e livre arbítrio. Essas leis sabem impor limites aos desregramentos humanos. Daí as doenças como a AIDS nos homossexuais e outras anomalias corretoras.

Errado afirmar que o ser nasce homem ou mulher alternadamente para adquirir experiência. Cultura, sentimento, inteligência e amor independem de sexo para serem conquistados. Há muitas mães que têm filhos e os abandonam, assim como pais. E mesmo maternidade e paternidade não são condições indispensáveis para evolução. Senão o ser, ao reencarnar-se, teria que vir a ser, alternadamente, médico, advogado, engenheiro, carpinteiro, açougueiro, político, astronauta, gari, prostituta(o), homossexual, etc, etc, enfim, passar por todas as atividades humanas, simplesmente para "ganhar conhecimento no ramo". E teríamos uma cósmica variedade de encarnações...

Homossexual, como o ladrão, o caluniador, ou portadores das várias enfermidades do corpo e da alma, é o ser que se enganou na rota. Merece compreensão e ajuda. É um desajustado em suas funções. A reencarnação nunca poderá mudar toda uma estrutura de campos (e no perispírito existem muitos campos que formam o conjunto), os humores e a psicologia que daí redundam, em espíritos ainda polarizadamente extremados em características masculinas e femininas. Depois, muito depois, troca de sexos será algo indiferente. Aí não reencarnarão mais para as finalidades do sexo, porque a meta será outra.

Não faz muito tempo, li em revista espírita, um artigo em que o autor apresentava o homossexualismo como "opção", e justificava-o espiritualmente como prova de evolução. Isto é, os homossexuais seriam mais evoluídos do que os heterossexuais. Para o articulista, o homossexualismo era algo sublime e absolutamente normal. O que ele não tocou foi na questão dos índices majoritários da AIDS entre os homossexuais em todos os países e na disseminação da doença de que são portadores, inclusive conscientemente, conforme notícias divulgadas pela imprensa por toda a parte. Ora, atribuir isso à reencarnação é francamente inaceitável!

Temos tomado conhecimento de algumas teses em que o ponto crucial da questão é "teorizado", mas apresentado quase que como uma realidade. Não se observa a precaução científica, uma vez que se trata de teoria, como: "pode ser", "tudo indica", "no nosso modo de conceber". Não! O teórico vai logo afirmando como se tivesse provas ineludíveis do processo.

Como dar-se-ia a reencarnação?

Para alguns, o espírito "entra" no corpo (não esclarecem como, nem por que porta) logo após o nascimento. Esta afirmativa é contestada pela regressão de memória, quando o ser recorda-se de fatos da vida intra uterina. Já que o espírito registra consciente ou inconscientemente os fatos, a tese não procede. Além do mais, estabelecem para a Vida, a condição de ficar espreitando o nascimento para poder locar um corpo para um inquilino. Este, posteriormente, teria que fazer as modificações necessárias na casa de acordo com o seu "jeito" (ou possibilidade ou necessidade evolutiva).

Para outros, e entre esses nos situamos, o espírito é quem preside a fecundação do óvulo pelo espermatozóide. Até aí tudo bem. Mas é no "**como se dá isso**", na integração do perispírito ao desenvolvimento fetal, que as teorias variam.

Alguns acham que o perispírito vai sendo "comprimido espacialmente" até caber dentro do ovo fecundado para, a partir daí, num processo de expansão, ir captando no mundo orgânico da mãe, o material necessário para configurar seu corpo.

Que o perispírito comanda por automatismo o processo do desenvolvimento, pode ser teoria, mas é muito mais lógica. Porque NADA no mundo das formas aparece sem que o campo estruturador as dinamize. Uma casa, um partido político, um clube recreativo, uma religião, um sistema econômico surgem porque foram alimentados por uma idéia. Até mesmo um alimento preparado necessita de uma receita, originária de uma idéia. O desenvolvimento dessa idéia é que possibilita à forma, o seu aparecimento em nosso mundo físico. Mas a teoria da compressão perispiritual é insustentável. Que provas apresentam para justificar que o esquecimento temporário seja devido a essa hipotética compressão? Já nos esquecemos de muitos fatos desta mesma existência, de matérias que estudamos em nosso cursos escolares, e nosso perispírito não foi comprimido. Não se comprime pensamento, um ideal, uma sombra, reduzindo-os a uma pílula. A vida exprime-se em infinitas dimensões; as que conhecemos precariamente e as que nos são totalmente desconhecidas. Não é possível pretender que tudo seja mesurado a quilos, litros e metros, áreas, volumes, pressões ou tempos. Consideram-se o estado radiante e ondulante de matéria, mas em que estado está o perispírito? A tese da compressão perispiritual liga-se a uma única dimensão, porque a compressão e redução do perispírito está condicionada a espaço. Claro que o nosso campo estruturador ocupa um espaço mas "em que dimensão"?

Obrigatoriamente o campo estruturador está subordinado à dimensão espacial e temporal ou estas é que se subordinarão hierarquicamente a ele? Além do mais, redução a que ponto?

Vivemos num universo de infinitos, tanto que podemos dizer que o homem é uma aventura entre infinitos. A que microns de microns o perispírito terá que chegar? Onde termina o infinito da redução ou compressão? Levando-se em conta que toda forma tem um campo que a estrutura, o que acontece com os campos estruturadores (perispirituais) do óvulo e do espermatozóide? São expulsos?

Como se vê, muitas perguntas ficam no ar, na teoria da compressão ou redução.

Uma vez que existem outras dimensões espaciais e temporais, é necessário partir para um estudo mais acurado na delicada questão da ligação espírito e matéria.

Santo Antônio

O ideal ou o objetivo principal da mulher, em qualquer idade, é o casamento. Um companheiro, representando proteção ante as incertezas da vida. Um braço forte sobre os ombros frágeis, fazendo-a sentir-se segura e aquecida. Mãos que a afaguem, espantando o fantasma da carência afetiva. Uma cultura sólida dirimindo suas dúvidas, enfim tudo o mais, inclusive o atendimento às necessidades imperiosas da sexualidade feminina. Para a maioria das mulheres, um homem em sua vida é um bilhete premiado, se conferir com os números (anseios) de seu coração.

As que se auto-intitulam de feministas são, na verdade, desajustadas em sua natureza essencial. Apresentam lamentável quadro de descontroles emocionais e agem incoerentemente, a exemplo de Betty Freedman, ex-líder da "Women's lib": abandonam o estandarte das reivindicações feministas tão logo consigam um "príncipe encantado".

Tudo o mais é blá, blá, blá de congressos e chás elegantes com exibições de modas paralelas aos protestos...

O fato que passamos a relatar bem caracteriza o dramalhão do queridíssimo sexo frágil, que sabe ser, **quando quer**, o encanto da vida, principalmente da vida dos homens. Com todos seus defeitos e primores, foi a melhor **coisa** que a natureza produziu.

O fato aconteceu em antiga cidadezinha do interior, não importa citar de que Estado.

Aos homens, por várias razões, e entre elas por possuírem estrutura física diferente das mulheres, é-lhes dada a condição de desfrutarem de maior liberdade do que o sexo oposto. Assim, observa-se em certas localidades desprovidas de maiores recursos, que os homens, tão logo terminam seus estudos secundários, sentindo necessidade de melhor preparo para a vida, deixam o local de origem procurando freqüentar universidades ou escolas especializadas. Ou mesmo vão ao encontro de um trabalho que ofereça maior chance de prosperidade. Ora, nada disso existe em cidade interiorana.

A mulher, bem o sabemos, é tão inteligente quanto o homem, embora tenha tendência a sobrepôr o sentimento à razão, o que muitas vezes proporciona-lhe desagradáveis desilusões. Ilude-se com uma imagem, passa a acreditar nela, até que a realidade destrói sua fantasia, deixando-a à mercê da dor e da desilusão.

As moças do interior, há algum tempo atrás, conseguiam, no máximo, o diploma do magistério, e a partir daí, aguardavam nessa valorosa missão, o namorado, o noivo, o esposo. Entretanto, a saída dos homens para centros de maiores recursos acadêmicos ou profissionais criava uma defasagem entre a população masculina e feminina. Um número significativo de mulheres para escasso contingente de homens.

Na cidade a que nos referimos, a proporção era de cinco mulheres para cada homem. Paraíso para eles, inferno para elas. Enquanto eles possuíam farto "material" para escolha, elas faziam fila diante dos raros disponíveis...

Indiferentes às razões biológicas, sociais e econômicas determinantes de tal fenômeno, elas desejavam uma solução que pudesse equacionar o problema.

Uma comissão formada às pressas houve por bem consultar determinado cidadão, que montara naquela cidade uma espécie de "consultório" de ciências ocultas. Tratava-se de um indivíduo de olhos oblíquos característicos dos orientais, usando pequena barbicha, e que se trajava extravagantemente, como convém aos mestres do ramo. Volta e meia este cidadão era visitado pela polícia e processado por estelionato ou chantagem. Apresentava-se como Professor H. Romeu Kalo, e foi dele que a comissão feminina recebeu convincente explicação da existência de tantas solteirinhas, solteiras e solteironas, bem como viúvas e as "sem especificação" naquela localidade. Mas o que é mais importante, receberam também a sugestão que solucionaria o problema.

Verificara, o tal vidente, que aquela cidade, embora consagrada a Nossa Senhora e possuindo imagens de inúmeros santos, não contava, justamente, com a imagem do santo casamenteiro, ou seja, Santo Antônio. Seria necessária, portanto, a urgente entronização do santo em um dos altares principais da igreja matriz. Tão logo isso acontecesse os casamentos iriam "chover" na cidade.

E o professor H. Romeu justificou sua afirmativa explicando que em várias cidades o santo fizera verdadeiros milagres. Numa delas, pouco tempo depois, o Ministério do Exército havia instalado um quartel, e mais de cinco mil homens foram sediados ali. Em outra, descobriram um garimpo, e a proporção mulher-homem inverteu-se: cinco homens para cada mulher. E o descarado ainda ousou afirmar, que em cidade mais distante, Deus armara no céu gigantesca tempestade, e em vez de "chover chuva" chovera homens de todos os tipos, cores ou idades!...

Diante de tantas possibilidades, o mulherio eriçou-se, e lá foi a comissão à procura do pároco local. Exigiram que ele encomendasse uma imagem de Santo Antônio, a qual seria entronizada no altar da matriz, com toda a pompa, após percorrer, em procissão, as ruas principais da cidade.

O padre não acreditava que os anseios das paroquianas pudessem ser satisfeitos por essa via, mas vislumbrou, no evento, a oportunidade de maior afluência à igreja e um aumento da renda oriundo de promessas e doações.

Coincidência ou não, o fato é que poucos dias depois, um viajante que representava uma fábrica de objetos sacros, talvez orientado secretamente pelo professor H. Romeu, visitava o padre para coletar as habituais encomendas de velas, incenso e paramentos. O sacerdote aproveitou o ensejo para encomendar, com urgência, dada a proximidade do dia treze de junho, uma estátua de Santo Antônio em tamanho natural.

Pedido efetuado e remetido à fábrica, a cidade passou a aguardar, ansiosa, a chegada do esperado dia, que se aproximava célere, sem que a imagem encomendada chegasse.

Dia treze. A cidade engalanada, o contingente feminino local e das vilas pertencentes ao município lotando as velhas e estreitas ruas... e o sacerdote angustiado, porque aproximava-se a hora da procissão, sem que houvesse chegado a imagem encomendada.

Nas ruas, moças e senhoras confundiam-se em generalizada expectativa de bênçãos, as quais, a partir daquele dia salvá-las-iam do cruel destino de solteironas, "titias", viúvas sem "bis", desquitadas "solitárias" ou "livres", que não sabiam o que fazer com sua liberdade...

Quando a agonia do bom padre já começava a tingir-se com os matizes do desespero, eis que estaciona à porta da igreja uma caminhonete, tendo ao volante o próprio elemento que recebera o pedido da imagem. Descarregaram rapidamente o volumoso caixote, que continha, devidamente embalada, a preciosa encomenda. O padre e o viajante arrastaram o engradado para o interior do templo, e a portas fechadas, iniciaram o nada sagrado ritual de desembalar e limpar a imagem a fim de colocá-la no andor que percorreria as ruas da cidade.

Foi aí que se depararam com algo irremediável. Poderia ter acontecido tudo, menos aquilo que tinham diante dos olhos. Talvez por irresponsabilidade do departamento de expedições, a fábrica havia mandado, não a estátua de Santo Antônio, mas, outra bem diferente, que representava Nossa Senhora do Bom

Parto, com um volumoso ventre, em total desacordo com a imagem magricela do santo português que faleceu em Pádua com apenas trinta e seis anos, em 1231.

Por uma questão que só as leis do destino podem explicar, tanto o padre como o vendedor, chamavam-se Antônio. O primeiro era o venerável padre Antônio dos Anjos, e o segundo, o Antônio dos Santos. Só não era Antônio ali, a imagem, que muda, presenciava a feroz discussão entre os dois Antônios, por causa do Santo Antônio que não veio.

— Que fazer agora? vociferava o Antônio, padre. Sabia que a mulherada estava toda na rua, aflita, vestindo os melhores trajes. Agora, já entoavam hinos, soltavam bombas e berravam impacientemente, como assistentes de circo: "Tá na hora!..."

— Mas "seu padre", eu não tenho culpa, argumentava o Antônio viajante. O despachante da firma é um espírita, e deve ter idealizado esta brincadeira de mau gosto: "baixar" no caixote um outro "santo" só para estragar a festa! Mas ele me paga...

— O problema não é pagar ou não. É encontrar uma solução rápida para não desapontar esta multidão. Mulher quando se enfurece é um deus-nos-acuda! Nem quero prever o que acontecerá.

E, no meio daquele desespero, o padre teve um "insight"! Encarou o viajante, e disse a ele, calmamente:

— Tive uma ótima idéia, e você vai quebrar este galho...

— Olhe aqui, "seu padre", quem quebra galho é macaco pesado. Eu peso apenas quarenta e cinco quilos e sou nanico, igual ao Santo Antônio.

— Por isso mesmo, está na medida exata. Você vestirá roupas semelhantes às do santo, e eu passarei alvaiade em seu rosto. Deixará transparecer um ar de débil mental, como acontece com todas as imagens que se fazem na terra, das coisas celestes. Ficará imóvel sobre o andor, que sairá em Procissão. Tão logo termine, você voltará à igreja e estará liberado. Mais tarde, direi que alguma solteirona roubou a imagem e encomendarei outra. Você me salvará desta situação e ainda receberá a porcentagem relativa à nova encomenda.

Ante a exigüidade do tempo, a impossibilidade de desapontar a população feminina e a ausência de outra alternativa, lá foi parar sobre o andor, o nosso viajante Antônio dos Santos, devidamente paramentado e caracterizado como o Santo Antônio **das aflitas.**

Tudo era festa naquela simpática cidade, que guardava, como lembrança dos tempos coloniais, uma série de aspectos que o patrimônio histórico não permitia que fossem alterados.

Abertas as portas da entrada principal da igreja, por elas saiu o andor com o "santo" levado pelas devotas, que disputavam a oportunidade de se aproximarem mais, a fim de fazer suas encomendas ao "casamenteiro". Este, assustado e temeroso a princípio, logo passou a se divertir com as nuances da psicologia feminina. Mais calmo, ria-se por dentro ao perceber que a natureza das encomendas trazia em si a marca indelével das idades de quem as postulava.

Garotas mais novas faziam exigências nos detalhes:

— Quero um moreno de olhos verdes, tipo carioca, bronzeado pelo sol, peito aberto, onde balance um penduricalho qualquer à guisa de enfeite, encomendava uma lourinha.

— E eu quero um louraço, tipo catarinense, para contrastar comigo, que sou morena.

E ambas concluíam:

— Outro tipo não nos interessa.

Era o reflexo da imaturidade que pode esperar um pouco mais. E ainda, o protótipo do ser que "compra" pela embalagem vistosa sem examinar o conteúdo. Depois reclamam sem razão...

Mas, à proporção que a idade avançava, as encomendas variavam. Na faixa dos trinta anos, o pedido era assim:

— Santo Antônio, quero um homem vigoroso, que possua situação estável e definida, para rápida decisão. Que seja alegre, e que me proteja em todos os sentidos: material e espiritual. Capricha meu santo, e eu prometo dez missas e cinqüenta velas do meu tamanho.

No agrupamento das quarentonas, as exigências eram outras:

— Santo Antônio, dê um jeito. Como está, não vai. Quero um homem de boa cultura, financeiramente independente, para podermos viajar, irmos a teatros, jantarmos em restaurantes em fins de semana. Ele não precisa ser bonito, nem atleta, mas que ainda possua gás no botijão, porque comida sem fogo fica crua. Não importa se for careca ou que tenha o ventre volumoso...

À beira do desconsolo estavam as que haviam ultrapassado a casa dos cinqüenta anos:

— Santo Antônio, tenha misericórdia, olhe o meu drama. Estou como um avião que já percorreu quase toda a pista do aeroporto e não conseguiu decolar. Ou subo agora, ou me esborracho na próxima cabeceira da pista. Dê um jeito, faça um milagre. Pode ser manco, estrábico, com dentadura ou falhas nos dentes, de qualquer cor, peso, idade ou nacionalidade. Se você não me arranjar um, juro que faço explodir sua imagem. Minha promessa é esta. Ou sobrevivo acompanhada, ou você morre...

Mas os pedidos não pararam por aí. Não é que as que haviam passado dos sessenta anos também "queriam"? Por pouco o nosso viajante travestido de santo não deixava cair a "máscara", tal era a vontade que tinha de dar sonoras gargalhadas...

— Santo Antônio, já atravessei o oceano da vida nadando sozinha. Agora estou numa praia deserta. Arranje-me qualquer coisa que se mova e que seja do sexo masculino. Pode ser até o corcunda de Notre Dame, o fantasma da Ópera, o lobisomen... Não agüento mais a solidão!

Por incrível que pareça, uma delas, da casa dos setenta anos, também tinha o que pedir:

— Arranje-me nem que seja o retrato de um homem, ou vou à igreja e roubo sua imagem para me fazer companhia...

Uma cadelinha latiu. Antônio dos Santos, ficou em

dúvida:

— Será que ela também quer um cachorro, ou é a única que descobriu a farsa?

Nem bem concluiu o raciocínio, viu algo que o deixou preocupado. A procissão havia dobrado uma esquina e penetrado por estreita via. Como marco de sua fundação imperial, a tal rua mantivera como reminiscência histórica do tempo dos lampiões à óleo, um trilho, que atravessava a rua de um lado a outro, e onde essas luminárias eram penduradas.

Do alto do andor, o improvisado santo tirou um nivelamento e concluiu, que ao passar pelo trilho, se as devotas que o carregavam não abaixassem o andor, seu rosto iria infalivelmente de encontro à quina aguçada do trilho. Na maioria das vezes, quando carregamos algo acima de nós, só olhamos para cima ou nos abaixamos, quando o volume bate no teto ou nas esquadrias das portas.

Tragédia à vista, o nosso amigo desligou-se do peditório das solteirinhas, solteiras, solteironas, viúvas e descasadas para fixar-se no maldito trilho.

Agora era ele quem se dirigia a Santo Antônio, que nas alturas, possivelmente observava o aperto do seu substituto na Terra:

— Santo Antônio, faça com que estas desgraçadas olhem para cima. Que vejam, por antecipação, o trilho. Senão vou arrebentar o nariz que minha mãezinha fez com tanto carinho. Por favor, salve-me!

Fosse pelo fato de Santo Antônio, franciscano português, agora no céu estar observando tudo e querer tirar uma desforra, fosse pelo "carma" do Antônio, que não era o santo, ou fosse para que a verdade se restaurasse, o fato é que o andor aproximava-se implacavelmente do famigerado trilho.

O choque era iminente. Ante o dilema de quebrar o nariz salvando a postura do santo, ou salvar o nariz mandando para o brejo a dignidade do "cargo", o nosso amigo optou pela "integridade nasal". E assim, na hora exata da colisão, abaixou-

-se o suficiente para passar incólume.

Entretanto, uma solteirona desesperada, que não despregava os olhos dele, viu tudo, e botou a boca no trombone.

O padre aproveitou a confusão e desapareceu. Abaixaram o andor e "baixaram o pau no santo". Unhadas, dentadas, puxões de orelhas e cabelos, pontapés de todos os lados atingiam o pobre viajante.

Num esforço inaudito, Antônio livrou-se das "feras" e correu o quanto pôde. Só parou quando estava muito distante daquela maldita cidade.

Aí desabafou:

— Terra desgraçada, esta! Nem santo se pode ser...

Clínica do "sarrafo"

"Conhece-te a ti mesmo". Dizem que uma legenda com estes dizeres encimava o Templo dos Delfos. Um convite que até hoje poucos se dispõem a atender, embora trate-se de imperiosa necessidade nos dias atribulados em que vivemos.

Pois bem. Na Clínica Escola do professor Pacífico Manso Mattar uma placa emoldurava o portal de entrada, onde liam-se os dizeres: AQUI NÃO VENDEMOS, ENSINAMOS OU NOS UTILIZAMOS DE ILUSÕES.

A Humanidade é um composto heterogêneo onde todos os indivíduos, sem exceção, têm um ou outro tipo de problema, para o qual desejam encontrar a melhor saída. Tudo bem, se a tendência do ser humano não fosse tentar a aquisição de felicidade fácil, de inocentar-se de comprovadas culpas, de fugir irresponsavelmente das conseqüências de seus atos, de não empreender esforços no sentido de se melhorar em termos de cultura e moral, pelo estudo e auto disciplina.

Pacífico sabia disso tudo e de muito mais... Com quase quarenta anos de vivência no ramo adquirira fina perspicácia, sutil e intuitiva, o suficiente para que soubesse o final da história, o que o consulente vinha buscar e a melhor solução para o problema, desde o início do relato de cada caso.

O velho ditado: "a ilusão ajuda a viver" fazia com que

inúmeras pessoas o procurassem. No entanto, muitos indivíduos, após a leitura dos dizeres afixados no portal, paravam para meditar antes de adentrarem ao recinto. Alguns já se auto--diagnosticando, voltavam sem bater, com o propósito de tentar resolver realisticamente seus problemas, entendendo que não existem soluções mágicas. Estes, podiam sentir depois a peculiar satisfação daqueles que são capazes de resolver seus problemas sem a ajuda de terceiros. Outros, mais inconscientes, não compreendendo bem o significado da advertência, ou talvez em desespero de causa, iam adiante. Havia também aqueles, cansados de perambular por consultórios médicos, de psicólogos ou analistas e tendo procurado magos e messiânicos sem proveito, buscavam desesperadamente uma resposta, um ponto final às aflições, fosse qual fosse o preço.

Pacífico fazia visitas ou atendia consultas sempre que o caso não pudesse ser levado até ele, sendo também freqüentemente solicitado para proferir conferências ou ministrar cursos. Homem de boa cultura, era paciente ao extremo com pessoas simples, de boa vontade e com sinceros desejos de auto-aprimoramento. Com estes, utilizava incansáveis analogias, figurações ou aparelhagens que pudessem explicar ou auxiliar na solução dos dramas vividos, ou ao menos minorar seus quadros de sofrimentos. Contudo, com pessoas fúteis, desonestas, presunçosas e preguiçosas, em geral pertencentes à categoria social mais elevada, era de tal franqueza, que a hipocrisia religiosa facilmente rotularia de "desumana". Não escolhia termos mais suaves para se expressar, mandava logo o qualificativo categórico, sem rodeios, sem dó nem piedade.

Em geral advertia: "Você (não chamava ninguém de senhor ou senhora) veio buscar a verdade. Esteja seguro que sairá daqui com ela"!

Nas orientações dadas ou nas conferências finalizava nestes termos:

"Para o futuro, lembre-se de jamais utilizar o termo **eu acho** ou crer no **acaso**. Só idiotas ou ignorantes por hereditariedade própria usam o acaso para justificar o que não sabem. O homem evoluído sabe que muito pouco sabe. Assim, diante de algum acontecimento inusitado, justifica ressalvando sua ignorância, o que não deixa de ser um rudimento de sabedoria: "Por razões ou leis que ainda não conheço, esse fato ocorreu". Também evita expressões como: **sobrenatural, paranormal** ou **anormal**. Estes termos não configuram o fenômeno, mas a ignorância a respeito dele. Quanta coisa tida no passado como sobrenatural, anormal, paranormal e que hoje é perfeitamente natural? Utilizemo-nos com mais propriedade de termos como: excepcional, raro, inabitual, incomum, etc, porque na Vida tudo é **causal, natural** e **normal**".

Em relação ao eu acho, Pacífico tornava-se feroz. Perguntando a uma assembléia o que era o AMOR, as definições foram proporcionalmente desiguais ao número de pessoas presentes no recinto. Cada qual **achava** algo e é bem possível que o amor não fosse nada do que ali se pretendia definir. Arrematou o caso dizendo: "Quando determinada pessoa **acha**, na realidade está se definindo, está demonstrando seu particular ponto de vista diante do fato. O **achar** é enganador e muitas vezes leva a frustrações e a **achar** depois que antes **achou** errado. Então, é de bom alvitre dizer, por exemplo: sem pretender dizer o que o amor é, eu me defino achando isto ou aquilo. Essa norma vale para tudo. Por isso, quando um psicobiofísico como eu disserta provando o que afirma, diz sem errar: isto **é** assim. Não opina para não dar margem à polêmica. Se eu disser que um corpo sem sustenção é atraído para o solo, não preciso dizer **eu acho**. Descrevo o fenômeno e deixo as interpretações para cada um. Que metabolizem as idéias e as soluções cabíveis.

Muitas vezes me fazem perguntas sobre áreas que não conheço e respondo simplesmente: Não sei, vou procurar saber, estudemos juntos. Até hoje nem mesmo uma mísera moeda consegui **achar**... Portanto, deixemos o **eu acho** à parte".

Como vêem os leitores, Pacífico Manso Mattar era tal qual uma rapadura, que é doce mas não é mole. Não é vergonhoso confessar ignorância sobre determinado assunto. Ridículo e desonesto é enganar pronunciando-se sobre o que desconhece.

— ◻ —

Determinado cidadão procurou Pacífico dizendo-se complexado por ser manco de nascença. Pacífico desarmou-o com algumas verdades:

— O homem envergonha-se de seu corpo, se não for perfeito. Da barriga proeminente, da calvície, das rugas, dos cabelos brancos. A mulher sofre ainda mais com as sobras da pele, a celulite e igualmente com as rugas e cabelos brancos. Incompreensivelmente não se envergonham de suas mazelas morais, do generalizado egoísmo, da maledicência, do despeito ou inveja, das bobagens que proclamam sem se darem conta disso. Exibem estes defeitos sem o menor recato nas passarelas da vida...

Você é manco? Dê graças a Deus, porque se fosse paralítico rogaria a Ele para ser manco. É melhor ser manco e honesto do que ladrão com pernas perfeitas. Você tem algumas limitações, é claro, não poderá ser trapezista ou jogador de futebol, mas isso não é tão importante assim...

— ◻ —

Em outra ocasião foi procurado por determinada criatura que dizia ter problemas sérios de convivência matrimonial:

— Meu marido é trabalhador, cumpre seus deveres para com o lar, tem bom coração, é inteligente e dinâmico. Mas... engana-me com muitas amantes.

Nem precisava prosseguir. Pacífico sempre sabia por intuição o que viria após o "mas"...

— Minha cara, seu marido é realmente aquilo que vem depois do "mas": um sem-vergonha diplomado. Tudo o mais é embalagem de produto de má qualidade...

Professor Pacífico Manso Mattar não tolerava "mas"! Dizia poder perfeitamente desligar-se das narrativas até que o interlocutor chegasse ao tal **mas**. Aí, então, começava a prestar atenção. Invariavelmente, o que vinha após o **mas** desfazia tudo o que havia sido declarado antes...

Muitas vezes, mães aflitas pediam orientação sobre como agir com seus filhos. E lá vinha a velha ladainha:

— Meu filho é um bom menino. Amoroso, meigo, possui muitos amigos, mas... de uns tempos para cá deu para chegar tarde em casa, trocar a noite pelo dia, relaxou nos estudos, vive com os olhos irritados, usando freqüentemente colírio e óculos escuros. "Acho" que está sofrendo o assédio de algum obsessor...

— Seu filho é um maconheiro. Rédea curta para com ele, caso contrário acabará como traficante para manter o vício e terminará na cadeia ou no cemitério antes do tempo. Se não quiser estudar, faça com que trabalhe, será melhor que se mantenha ocupado e longe de más companhias. Nada de dinheiro fácil ou satisfação de todos os desejos dele. Compreensão? O caminho do inferno está calçado de boas intenções e compreensões.

Pacífico tinha razão. A vida é um autêntico "show" de **mas**:

"A festa foi boa, **mas** faltou bebida".

"Ela é muito bonita, **mas** presunçosa".

"Voar de avião é bom, **mas** e o perigo da queda?"

"Chocolate é ótimo, **mas** ataca o fígado".

"Ela é um doce, **mas** é casada..."

"Ele era um santo, **mas** morreu".

Na infinidade de expressões que podem ser construídas, o que é importante e contraria o que é dito no início, vem sempre após o **mas**...

— ▯ —

Em certa ocasião, Pacífico foi convidado por um confrade, presidente de uma instituição, para assistir a uma sessão mediúnica. O autor do convite assegurava que nessas sessões compareciam espíritos de grandes luminares do passado, além de serem realizadas curas "milagrosas" de certas doenças através de operações espirituais.

Pacífico não julgou satisfatórias estas afirmações preliminares, já que defendia a tese de que ninguém cura ou adoece a ninguém. A enfermidade, assim como a cura, competem exclusivamente ao portador da moléstia. Os diversos "meios" auxiliam, mas não cancelam, por si sós, a doença ou o mal.

E o famigerado **câncer** tem sido curado pela medicina acadêmica, seja pela cirurgia, quimioterapia ou radioterapia. Mas também tem sido curado em terreiros de Umbanda, templos protestantes e até por "garrafadas" de comadres. Arigó não era espírita, apenas médium, mas também curou alguns casos de câncer e outras enfermidades.

Naquela noite, Pacífico não estava se sentindo muito bem, mas lá foi "cuspindo marimbondos", atendendo ao convite e a sua curiosidade.

Lá pelas tantas, certa entidade feminina incorpora-se ao médium declarando-se ser Madalena. Travou-se o seguinte diálogo:

— Sou Madalena, a primeira pessoa a avistar o Cristo após sua crucificação.

Pacífico não deixou por menos:

— Quais as provas que você pode fornecer? Como bom kardecista refugo noventa e nove verdades para não aceitar uma só mentira. Ou prova, ou "entorno o caldo"!

Pilhada em flagrante delito de usurpação de personalidade e engodo, a entidade calou-se, mas Pacífico berrou:

— Se você é Maria Madalena, eu sou a Vênus de Milo!

A confusão estava formada. A turma do "deixa disso" quis intervir. Um dos dirigentes lembrou: "Irmãos, estamos em uma casa de amor..."

— Casa de amor é motel!

O espírito foi embora mais depressa do que veio, e segundo afirmaram, nunca mais apareceu por lá. Deve ter ficado magoado e ofendido com a desconsideração recebida...

— ▯ —

Em outra oportunidade, na capital em que vivia, foi convidado para assistir a uma reunião domiciliar. Disseram que na "humilde" reunião o médium incorporaria a entidade de um preto velho. Este, para exemplificar humildade sentava-se em um banquinho de pernas curtas, rente ao chão.

Pacífico, se não gostou de dialogar com "altas" entidades que "baixaram" em outro centro, também não tolerava "tanta" humildade.

Alguns dirigentes de certas instituições não abrem mão da prerrogativa de sentarem-se nas cadeiras centrais, que prefiguram como tronos com seus espaldares mais altos. Já outros, vão para o polo oposto, no caso em questão, o famigerado banquinho.

Existem humildades matreiras, estudadas. O dirigente, o médium ou o próprio espírito comunicante conhecem o provérbio que diz: "os últimos serão os primeiros". Que fazem então? Por malandragem, na fila dos posicionamentos, dirigem-se ao "banquinho", ainda que simbólico, seguros de que, na hora da inversão dos valores, ou seja, na passagem para a outra dimensão, irão para os "tronos" e os que estão nos tronos atualmente, para os banquinhos ou mesmo para o chão...

E lá estava o Pacífico, contrariado, observando tudo. Incorporando-se ao médium, o guia sentou-se no banquinho para início do atendimento. A tal humildade do guia criava situação constrangedora, já que, ficando em posição tão baixa, cada consulente precisava ajoelhar-se para conversar com a entidade, no caso, o preto velho. Às vezes, Pacífico se perguntava se pigmentação de pele acompanha a "pele" do perispírito também...

Os presente aguardavam a vez de agacharem-se para poder falar com a entidade. Chegou a vez de Pacífico, e foi a hora de "desmontar o circo". Ficou em pé, o que obrigou guia e médium a levantar a cabeça numa incômoda posição para poder dialogar com ele, e pela distância, a conversa teve que ser em voz alta:

—Amigo Preto Velho, Camões, da mesma nacionalidade

do povo que o trouxe como escravo para o Brasil, já alertava: "Cesse tudo o que a Musa antiga canta, que outro valor mais alto se alevanta"...

Ninguém entendeu, e o preto velho pediu que Pacífico se abaixasse para ouvi-lo melhor. Ao que Pacífico retrucou:

— Por que você não se levanta? Amigo, a reencarnação é um fato comprovado. Hoje você está aí nos "planos superiores", como dizem, mas parece-me que acabou ficando no andar debaixo. E eu falo de cima para baixo embora esteja aqui na terra, que chamam "mundo inferior". Daqui a uns tempos desencarno e você reencarna, trocaremos as posições. Não se desfaça deste banquinho, talvez eu tenha vontade de repetir em outra época o que acontece agora, isto é, vou ser o "branco" velho e você um dos consulentes. Será que vai gostar de se ajoelhar para conversar comigo?

Na casa vizinha, de um rádio ligado em alto volume, chegava até ali um sambinha de autoria de Evandro do Galo e Pedro Butina na voz de Bezerra da Silva:

"Sururu formado, sururu formado
Onde é que já se viu um defunto grampeado?"...

— ◻ —

Desta feita, Pacífico teve a chance de comparecer a uma sessão de materialização, em uma cidade da zona da mata, no Estado de Minas Gerais. Fato verídico, como os outros já citados. Lá estavam também o comandante Quintela, o José Mário, O Edson Nunes e outros.

Na preparação do ambiente, a pedido da médium, a irmã desta verificou cuidadosamente se nenhum dos presentes possuía fósforos ou isqueiros que pudessem ser acesos durante a sessão. Atitude compreensível, já que o ectoplasma frio não pode receber a incidência da luz, qualquer que seja sua fonte. Mas Pacífico possuía outros métodos para "ver" no escuro.

Logo que as luzes se apagaram, Pacífico retirou do bolso sua caneta-tinteiro, modelo antigo, que possuía na parte traseira um depósito de tinta. Retirou a tampa deste depósito, e passando tinta nos dedos médio e indicador, disse para si mesmo: “qualquer espírito materializado que passar ao alcance de minha mão vai levar tinta. Se for espírito, volta para o Além precisando lavar a roupa na lavanderia celestial. Mas se for “daqui”, vai se dar muito mal...”

E deu-se. Terminara a reunião entre cânticos de louvor e agradecimento. Ao acenderem-se as luzes, todos puderam ver que a médium fora “promovida” a cabo, pois ostentava, no braço, duas divisas feita à tinta. Ao passo que a irmã da médium, com quatro divisas feitas do mesmo modo, fora “promovida” a sargento!

Os presentes entreolhavam-se espantados. E um mal estar coletivo espalhou-se, quando Pacífico, descaradamente, pediu um pouco de álcool para limpar os dedos sujos de tinta... Nenhum comentário ali, porque em “casa de enforcado não se fala em corda”, mas quando deixaram o recinto os participantes tiveram assunto para muito tempo...

— —

Determinado orador dissertava veementemente sobre o valor da solidariedade, o que ninguém de bom senso coloca em dúvida. Mas é preciso tato na pregação, caso contrário não há “solidariedade” que resista :

— Para exemplificar, dizia o orador, contarei uma passagem da vida de Sadu Sundar Sing, o apóstolo dos pés sangrentos. Nas regiões geladas do Himalaia, um viajante encontrou pobre homem caído, que implorava auxílio. Numa manifestação egoísta e de dureza de coração, o viajante não deu ouvidos e foi-se sem prestar socorro ao suplicante.

Pouco depois, passava Sadu por ali. Condoído, colocou o pobre homem nas costas como se fosse preciosa carga, com o propósito de levá-lo a um lugar seguro.

Aquele homem, embora desfalecente, pôde ver, alguns passos adiante, o indivíduo que lhe recusara socorro. Caído, semi-enterrado na neve, enregelado, morrera de frio.

História comovente e bonitinha, a qual Pacífico escutava com os calos doendo. Tudo terminaria por aí, se o conferencista não tivesse pisado nos calos de Pacífico, ao concluir a narrativa, enfatizando a moral da história:

— Vêem, irmãos, a falta de solidariedade ocasionou a morte do viajante. Se houvesse atendido o apelo do pobre homem teria escapado, porque, ao aproximar seu corpo ao corpo do homem necessitado teria se aquecido. "Está cientificamente provado que quando duas temperaturas se unem, somam-se..."

Foi aí que Pacífico bufou:

— Nada disso, amigo! Se assim fosse, levando-se em conta que o ser humano possui a temperatura média de trinta e seis e meio graus centígrados, os dois juntos elevariam a temperatura para setenta e três graus, o que já é muito quente. Calcule, então, se Sadu pudesse ter carregado mais um! A soma das temperaturas dos três ultrapassaria a cem graus centígrados que é o ponto de ebulição da água. No final da jornada, os três estariam cozidos! Aprenda, que nesse caso, as temperaturas nivelam-se, não se somam!...

— ▯ —

Pacífico Manso Mattar ainda tem muitos casos para contar. Um dia resolve publicar tudo o que tem anotado e será um deus-nos-acuda!

Mas se você tem problemas e quer resolvê-los procure sua clínica que fica logo ali... No entanto, tome nota: lá NÃO SE VENDE ILUSÃO!

O importante é que a maioria sai de lá curada, disso não resta a menor dúvida. E freqüentemente mandam um cartão ou bilhete com dizeres que se resumem nestas palavras:

"Querido professor, obrigado por tudo. Agradeço a Deus por tê-lo conhecido".

Ilusões

Arena madrilenha e arena do Mundo

Quem já esteve na Espanha, forçosamente terá assistido a uma Corrida de Touros, na Monumental Plaza, em Madrid. Foi durante um espetáculo dessa natureza que me ocorreu a idéia de fazer curiosa analogia.

O ambiente de festa entre as pessoas, o colorido das vestimentas é de uma alegria e expectativa contagiantes!

Em determinado momento, um toque de clarim impõe silêncio aos presentes: vai começar a tourada, "la faena", como dizem os ibéricos. Nova clarinada, e abre-se um portal por onde adentram à praça, em linha hierárquica de importância, os protagonistas do espetáculo.

Os juízes, os lidadores, os bandarilheiros, os picadores e finalmente o toureiro, o "maestro", também denominado "matador". Todos se apresentam, cumprimentam o público e retiram-se. Soa novamente o clarim e aparece o indispensável participante, o touro. Forte, elástico, fogoso, o animal investe contra várias capas que lhe são acenadas por auxiliares do toureiro. É para que os espectadores observem a saúde do animal. A partir daí inicia-se a contenda.

Numa outra arena, a do Mundo, também em determinada oportunidade, forma-se uma movimentação indicadora de um espetáculo análogo ao que eu presenciara em Madrid.

No hospital, o médico, a parturiente, os familiares, os amigos estão na expectativa de uma "faena". Sinais, como aqueles clarins, soam dizendo que é chegada a hora... Abre-se uma porta, e eis-nos nesta "arena" em que estamos...

Touro **versus** toureiro.

Homem **versus** Mundo.

O toureiro dispõe de uma capa com a qual atrai o touro. Vermelha, excitante, bonita... mas é fugaz, não tem consistência e é inatingível. O touro ignora isso.

O Mundo pode configurar a tal capa, nos engodos da ilusão. O touro persegue a capa, o homem, as ilusões, fugidias como bolhas de sabão.

Na arena espanhola, primeiramente entram os bandarilheiros. Estes, cravam no dorso do animal três pares de banderilhas com farpas, que se fixam em sua carne. O touro se enfurece e investe como louco contra a capa, que nunca consegue atingir. É a oportunidade para que o touro exiba toda a sua arte e maestria nos passos de "verônica" e de "manoletina".

No Mundo, o homem também tem seu encontro com os bandarilheiros. Quantos exibem farpas no corpo, assim como os touros na arena! Amputações, degenerescências, patologias variadas, perdas, prejuízos econômicos, saudades, desejos insatisfeitos... E freqüentemente, a exemplo do touro, não se cansam de perseguir a capa enganadora do Mundo repleto de ilusões...

Novo toque na praça taurina precede a entrada dos picadores. Montados a cavalo com proteção lateral para evitar que os chifres do touro os atinjam, lancetam a junção do pescoço com o tronco do animal, para obrigá-lo a tourear de cabeça baixa. Mas nem assim ele deixa de investir contra a capa que o provoca e o seduz, e que sempre escorre pelo seu dorso. A capa desaparece por momentos de seu campo visual, mas ao voltar-se ele a vê, convidando-o a nova tentativa no intuito de alcançá-

-la, de atingi-la.

O Mundo utiliza-se, também, de seus picadores. Quantos indivíduos sofrem humilhações, silenciosas torturas, dependências, que os obrigam, picados e feridos em seu orgulho, a tourear com o Mundo de cabeça baixa!

Mas o espetáculo deve terminar, porque tudo o que principia tem seu término. O touro e o homem não sabem disso, e muito menos: como, quando e onde.

Lá está novamente a capa. Desta vez, as regras do jogo foram mudadas sem que o touro fosse avisado. Por trás da capa está a espada, e a espada representa a morte. O animal avança, a capa cai, mas a espada fica. Penetra fundo em seu corpo atingindo o coração. O touro estaca, cambaleia, e o sangue jorra abundante pela boca e narinas. Tenta manter-se em pé, mas as pernas não obedecem e começa a cair. Ouve o alarido da assistência e engana-se pensando que os aplausos são para ele, por sua valentia, mas ilude-se pela última vez: o estrondo de vozes e palmas são para o toureiro!

O homem acostumou-se a perseguir ilusões dos mais variados tipos e matizes. Habituou-se a tomar o falso pelo verdadeiro, a aparência enganadora pela realidade. Confessa-se, então, desiludido, mas ainda assim persegue novas ilusões. Como o touro na arena, ignora que também para ele as regras se alteram. E desta feita não ficará apenas a desilusão, como miragem que se desfaz sem maiores danos. Por detrás, terrível espada o aguarda. Como o touro, no último instante tenta impedir o impacto travando a corrida, mas não há mais tempo e é ferido mortalmente.

Moribundo, o homem agora diverge do animal: é capaz de rever, em relance, todos os atos de sua vida, e se dá conta dos enganos cometidos. Contudo, numa última e secreta ilusão, julga que a Humanidade possa esquecer seus desatinos, reconhecendo e glorificando-o pela luta travada até então. Chega a ouvir os ruidosos aplausos... Mas aí também se engana:

a aclamação é para o Mundo, sempre o único vencedor!...

Seria possível, touro e homem, não vivenciarem semelhante drama?

O touro, na arena, não deveria investir contra a capa.

E o homem, no Mundo, não se iludiria perseguindo ilusões...

Você leu e gostou, por certo, de conhecer um pouco mais sobre o Espiritismo, queremos que você leia agora as obras básicas:

- O Livro dos Espíritos
- O Livro dos Médiuns
- O Evangelho Segundo o Espiritismo
- O Céu e o Inferno ou a Justiça Divina Segundo o Espiritismo
- A Gênese ou os Milagres e as Predições Segundo o Espiritismo

Esses excelentes livros, codificados por Allan Kardec, podem ser encontrados em qualquer livraria ou banca de livros espíritas de sua cidade.

~ • ~

Se você já desfruta do conhecimento dessas obras citadas, queremos oferecer a você um complemento doutrinário, são os cursos:

- Iniciação ao Espiritismo
- Estudos sobre Mediunidade
- Estudos sobre Reuniões Mediúnicas
- Oratória a Serviço do Espiritismo
- Fluidos e Passes

É Melhor Colher Flores...

Carta aberta ao Castilho

Escrevo-lhe para cumprimentar sobre o livro. Gostei demais e cheguei a rir no capítulo "Ah o amor!", mas também me emocionei muito no contexto geral sobre "Os Semeadores". Não pude evitar lágrimas abundantes ao sentir o quanto ainda nos falta fazer, o quanto Deus é bom, quantas dificuldades ainda lutamos, mas ao mesmo tempo no quanto se trabalha no Espiritismo... Foram idéias e sentimentos que se juntaram, levando às lágrimas, não de sofrimento, mas de alegria e sentida emoção. Castilho, como é bela esta Doutrina! Senti no romance que você escreveu uma real proposta de trabalho a todos nós e foi significativo o envelope de sementes. Agradeço-lhe pela gentileza de enviar o livro. Fui fazer uma jornada de palestras na região de Araraquara e levei o livro para ler no ônibus. Nas viagens de ida e volta concluí o livro.

Você foi muito feliz na síntese da Doutrina e do Centro que conseguiu colocar no livro, relacionando atividades, conceitos doutrinários, o trabalho da família espírita, a fraternidade e muitos outros itens que muito me deixaram feliz. É muito bom ver um livro com essas características, romanceando e colocando resumos tão detalhados... Gostei muito. Parabéns.

Acho mesmo que o livro pode ser um porta-voz para os novatos e surge até como sugestão de atividades para os Centros. Ele está completo e motivador. Precisamos achar uma maneira de espalhá-lo.

Orson P. Carrara
(Mineiros do Tietê-SP)